Una casa encantada y otros cuentos

Virginia Woolf

Una casa encantada y otros cuentos

Nueva traducción al español
traducido del inglés por Guillermo Tirelli

Rosetta Edu

Título original: *A Haunted House and Other Short Stories*

Primera publicación: *1944*

Ilustración de tapa: Fotografía de Asheham (o Asham) House, cerca de Beddingham, E Sussex. Casa de campo de Leonard y Virginia Woolf 1912-1919. Arrendamiento compartido con Vanessa Bell.

Primera edición: Noviembre 2023

Publicado por Rosetta Edu
Londres, Noviembre 2023
www.rosettaedu.com

ISBN: 978-1-916939-16-5

Rosetta Edu

CLÁSICOS EN ESPAÑOL

Rosetta Edu presenta en esta colección libros clásicos de la literatura universal en nuevas traducciones al español, con un lenguaje actual, comprensible y fiel al original.

Las ediciones consisten en textos íntegros y las traducciones prestan especial atención al vocabulario, dado que es el mismo contenido que ofrecemos en nuestras célebres ediciones bilingües utilizadas por estudiantes avanzados de lengua extranjera o de literatura moderna.

Acompañando la calidad del texto, los libros están impresos sobre papel de calidad, en formato de bolsillo o tapa dura, y con letra legible y de buen tamaño para dar un acceso más amplio a estas obras.

Rosetta Edu
Londres
www.rosettaedu.com

INDICE

PRÓLOGO DE LEONARD WOOLF

Lunes o martes, el único libro de relatos de Virginia Woolf que apareció en vida de ella, se publicó hace 22 años, en 1921. Lleva años fuera de catálogo. Durante toda su vida, Virginia Woolf solía escribir, a intervalos, relatos cortos. Tenía por costumbre, cada vez que se le ocurría una idea para uno, esbozarlo de forma muy tosca y guardarlo después en un cajón. Más tarde, si un editor le pedía un relato corto y ella se sentía de humor para escribir uno (lo que no era frecuente), sacaba un boceto de su cajón y lo reescribía, a veces muchas veces. O si sentía, como le ocurría a menudo, mientras escribía una novela que necesitaba descansar la mente trabajando en otra cosa durante un tiempo, escribía un ensayo crítico o trabajaba en uno de sus bocetos para relatos cortos.

Durante algún tiempo antes de su muerte habíamos hablado a menudo de la posibilidad de que volviera a publicar *Lunes o Martes,* o de que publicara un nuevo volumen de cuentos recopilados. Finalmente, en 1940, decidió que reuniría un nuevo volumen de dichos relatos e incluiría en él la mayoría de los cuentos que habían aparecido originalmente en *Lunes o martes,* así como algunos publicados posteriormente en revistas y otros inéditos. Nuestra idea era que ella produjera un volumen de ensayos críticos en 1941 y el volumen de cuentos en 1942.

En el presente volumen he intentado llevar a cabo su intención. He incluido en él seis de los ocho relatos o bocetos que aparecieron originalmente en *Lunes o martes.* Los dos omitidos por mí son «Una sociedad» y «Azul y verde»; sé que ella había decidido no incluir el primero y estoy prácticamente seguro de que no habría incluido el segundo. A continuación he impreso seis relatos que aparecieron en revistas entre 1922 y 1941; son: «El vestido nuevo», «El día de caza», «Lappin y Lapinova», «Objetos sólidos», «La dama en el espejo» y «La duquesa y el joyero». Las revistas en las que aparecieron fueron: *The Forum, Harper's Bazaar, The Athenaeum, Harper's Monthly Magazine.* Por último, he incluido seis relatos inéditos. (Es posible que uno de ellos, «Momentos de vida», fuera publicado. Mi recuerdo es que lo había sido, pero no hay constancia de su publicación, y lo he impreso a partir de una copia mecanografiada). Los he incluido con cierta vacilación. Ninguno de ellos, excepto «Momentos de vida» y «La linterna», está finalmente revisado por ella, y sin duda habría trabajado mucho en ellos antes de publicarlos. Al menos cuatro de ellos se encuentran apenas en la fase posterior a la de su primer esbozo.

A cualquier hora que te despertaras había una puerta cerrándose. Iban de habitación en habitación, de la mano, levantando por aquí, abriendo por allá, asegurándose... una pareja fantasmal.

«Aquí lo dejamos», dijo ella. Y añadió, «¡oh, pero aquí también!». «Está arriba», murmuró ella. «Y en el jardín», susurró él. «En silencio», dijeron, «o los despertaremos».

Pero no fueron ustedes los que nos despertaron. Oh, no. «Lo están buscando; están corriendo la cortina», una diría, y así se leería en una o dos páginas. «Ahora lo han encontrado», una estaría segura, deteniendo el lápiz en el margen. Y entonces, cansada de leer, una podía levantarse y ver por sí misma, la casa toda vacía, las puertas abiertas, sólo las palomas torcaces burbujeando su contenido y el zumbido de la trilladora sonando desde la granja. «¿Para qué he venido aquí? ¿Qué venía a buscar?». Mis manos estaban vacías. «¿Quizás esté arriba entonces?». Las manzanas estaban en el desván. Y así, abajo de nuevo, el jardín seguía como siempre, sólo el libro se había deslizado en la hierba.

Pero lo habían encontrado en el salón. No es que una pudiera verlos. Los cristales de las ventanas reflejaban manzanas, reflejaban rosas; todas las hojas eran verdes en el cristal. Si se movían en el salón, la manzana sólo mostraba su lado amarillo. Sin embargo, un momento después, si se abría la puerta, se extendía por el suelo, colgaba de las paredes, pendía del techo... ¿qué? Mis manos estaban vacías. La sombra de un tordo cruzaba la alfombra; de los pozos más profundos del silencio la paloma torcaz sacaba su burbuja de sonido. «A salvo, a salvo, a salvo», el pulso de la casa latía suavemente. «El tesoro enterrado; la habitación...», el pulso se detuvo en seco. ¿Era ese el tesoro enterrado?

En un instante la luz se había desvanecido. Entonces, ¿en el jardín? Pero los árboles tejían la oscuridad para que un rayo de sol errante se destacara. Tan fino, tan raro, fríamente hundido bajo la superficie el rayo que yo buscaba siempre ardía tras el cristal. La muerte era el cristal; la muerte estaba entre nosotros; llegando primero a la mujer, hace cientos de años, dejando la casa, sellando todas las ventanas; las habitaciones se oscurecieron. Lo dejó, la dejó a ella, se dirigió al Norte, se dirigió al Este, vio las estrellas girar en el cielo del Sur; buscó la casa, la encontró caída debajo de los Downs. «A salvo, a salvo, a salvo», el pulso de la casa latía alegremente. «El tesoro es suyo».

El viento ruge por la avenida. Los árboles se inclinan y se doblan hacia un lado y otro. Los rayos de luna salpican y se derraman salvajemente en la lluvia. Pero el haz de la lámpara cae directamente desde la ventana. La vela arde rígida y quieta. Paseando por la casa, abriendo las ventanas, susurrando para no despertarnos, la pareja fantasmal busca su alegría.

«Aquí dormimos», dice ella. Y él añade, «besos sin número». «Despertando por la mañana...». «Plata entre los árboles...». «Arriba...». «En el jardín...». «Cuando llegó el verano...». «En invierno, la nieve...». Las puertas se cierran a lo lejos, golpeando suavemente como el pulso de un corazón.

Se acercan; se detienen en la puerta. El viento cae, la lluvia se desliza plateada por el cristal. Nuestros ojos se oscurecen; no oímos ningún paso a nuestro lado; no vemos a la dama extender su fantasmal manto. Sus manos protegen la linterna. «Mira», respira. «Duermen profundamente. El amor en sus labios».

Inclinándose, sosteniendo su lámpara de plata sobre nosotros, miran larga y profundamente. Se detienen por mucho tiempo. El viento se dirige directamente; la llama se inclina ligeramente. Rayos salvajes de luz de luna cruzan el suelo y la pared y, al encontrarse, manchan los rostros inclinados; los rostros que reflexionan; los rostros que escudriñan a los durmientes y buscan su alegría oculta.

«A salvo, a salvo, a salvo», late orgulloso el corazón de la casa. «Largos años...», suspira él. «Otra vez me encontraste». «Aquí», murmura ella, «durmiendo; en el jardín leyendo; riendo, haciendo rodar manzanas en el desván. Aquí dejamos nuestro tesoro...». Inclinándose, su luz levanta los párpados de mis ojos. «¡A salvo!, ¡a salvo!, ¡a salvo!», el pulso de la casa late salvajemente. Despertando, grito «oh, ¿es este *tu* tesoro enterrado? La luz en el corazón».

Perezosa e indiferente, sacudiendo el espacio con facilidad desde sus alas, conociendo su camino, la garza pasa sobre la iglesia bajo el cielo. Blanco y distante, absorto en sí mismo, sin cesar, el cielo se cubre y se descubre, se mueve y permanece. ¿Un lago? ¡Borra sus orillas! ¿Una montaña? Oh, perfecta... el sol dorado en sus laderas. Por debajo cae. Helechos entonces, o plumas blancas, por siempre y para siempre...

Deseando la verdad, esperándola, destilando laboriosamente algunas palabras, por siempre deseando... (un grito se empieza a oír por la izquierda, otro por la derecha. Las ruedas golpean divergentes. Los omnibuses se conglomeran en conflicto)... por siempre deseando... (el reloj asevera con doce golpes distintos que es mediodía; la luz derrama escamas de oro; los niños pululan)... por siempre deseando la verdad. La cúpula es roja; las monedas cuelgan de los árboles; el humo sale de las chimeneas; los ladridos, los gritos, los gritos de «se vende hierro»... ¿y la verdad?

Irradiando hasta un punto preciso los pies de los hombres y los pies de las mujeres, negros o con incrustaciones de oro... (Este tiempo de niebla... ¿Azúcar? No, gracias... La mancomunidad del futuro)... la luz de la hoguera se dispara y hace que la habitación se vuelva roja, salvo por las figuras negras y sus ojos brillantes, mientras que fuera una furgoneta descarga, la señorita Fulana de Tal bebe té en su escritorio, y los cristales protegen los abrigos de pieles...

Enarbolado, con luz de hoja, a la deriva en las esquinas, soplado a través de las ruedas, salpicado de plata, en casa o no en casa, reunido, dispersado, despilfarrado en escalas separadas, barrido hacia arriba, hacia abajo, desgarrado, hundido, ensamblado... ¿y la verdad?

Ahora a recogerse junto al fuego en el blanco cuadrado de mármol. Desde las profundidades de marfil las palabras que surgen se desprenden de su negrura, florecen y penetran. Caído el libro; en la llama, en el humo, en las chispas momentáneas... o ahora viajando, el cuadrado de mármol colgante, los minaretes debajo y los mares de la India, mientras el espacio se precipita azul y las estrellas brillan... ¿la verdad? o ahora, ¿contento con la cercanía?

Perezosa e indiferente vuelve la garza; el cielo vela sus estrellas; luego las revela.

Aquella expresión de infelicidad bastaba por sí sola para que los ojos se deslizaran por encima del borde del papel hacia el rostro de la pobre mujer... insignificante sin aquella mirada, casi un símbolo del destino humano con ella. La vida es lo que se ve en los ojos de la gente; la vida es lo que aprenden, y, habiéndolo aprendido, nunca, aunque traten de ocultarlo, dejan de ser conscientes de... ¿qué? De que la vida es así, parece. Cinco rostros opuestos —cinco rostros maduros— y el conocimiento en cada rostro. Sin embargo, ¡qué extraño es que la gente quiera ocultarlo! En todos esos rostros hay marcas de reticencia: labios cerrados, ojos cubiertos, cada una de las cinco personas hace algo para ocultar o dificultar que la conozcan. Una fuma; otra lee; una tercera revisa las anotaciones en un libro de bolsillo; una cuarta mira fijamente el mapa de la línea de tren enmarcado frente a ella; y la quinta... lo terrible de la quinta es que no hace nada en absoluto. Ella mira la vida. Ah, pero mi pobre y desafortunada mujer, juega el juego... por el bien de todos, ¡disimula!

Como si me hubiera oído, levantó la vista, se desplazó ligeramente en su asiento y suspiró. Pareció disculparse y, al mismo tiempo, decirme: «¡Si supieras!». Luego volvió a mirar a la vida. «Pero lo sé», respondí en silencio, mirando el *Times* por educación. «Conozco todo el asunto. «La paz entre Alemania y las Potencias Aliadas fue instaurada ayer oficialmente en París... el señor Nitti, primer ministro italiano... un tren de pasajeros en Doncaster chocó con un tren de mercancías...». Todos lo sabemos, el *Times* lo sabe, pero fingimos que no lo sabemos». Mis ojos se habían deslizado una vez más por el borde del papel. Ella se estremeció, movió el brazo de forma extraña hasta la mitad de la espalda y sacudió la cabeza. Volví a echar mano de mi gran reserva de vida. «Coge lo que quieras», continué, «nacimientos, muertes, matrimonios, la Circular de la Corte, los hábitos de los pájaros, Leonardo da Vinci, el asesinato de Sandhills, los altos salarios y el coste de la vida... oh, coge lo que quieras», repetí, «¡todo está en el *Times*!». De nuevo, con infinito cansancio, movió la cabeza de un lado a otro hasta que... como un trompo agotado de dar vueltas se posó en su cuello.

El *Times* no era una protección contra una pena como la suya. Pero otros seres humanos prohibían las relaciones. Lo mejor que se podía hacer contra la vida era doblar el periódico de modo que formara un cuadrado perfecto, crujiente, grueso, impermeable incluso a la vida.

Hecho esto, levanté la vista rápidamente, armada con un escudo propio. Ella atravesó mi escudo; me miró a los ojos como si buscara cualquier sedimento de valor en el fondo de ellos y lo redujera a arcilla. Su movimiento negó toda esperanza, descartó toda ilusión.

Así que atravesamos Surrey y cruzamos la frontera con Sussex. Pero con los ojos puestos en la vida no vi que los demás viajeros se habían ido, uno a uno, hasta que, salvo el hombre que leía, nos quedamos a solas. Aquí estaba la estación de Three Bridges. Nos acercamos lentamente al andén y nos detuvimos. ¿Nos dejaría él? Recé en ambos sentidos; recé por último... para que él se quedara. En ese momento se levantó, arrugó su periódico despectivamente, como si fuera una cosa acabada, abrió de golpe la puerta y nos dejó solas.

La infeliz mujer, inclinándose un poco hacia delante, se dirigió a mí pálidamente y sin color... hablando de estaciones y vacaciones, de hermanos en Eastbourne y de la estación del año, que era... lo he olvidado... temprana o tardía. Pero al final, mirando desde la ventana y viendo, yo sabía, sólo la vida, suspiró, «Estar lejos... ése es el inconveniente...». Ah, ahora nos acercamos a la catástrofe, «Mi cuñada...», la amargura de su tono era como el limón en el frío acero, y hablando, no a mí, sino a sí misma, murmuró, «tonterías, diría ella... eso es lo que dicen todos», y mientras hablaba se agitaba como si la piel de su espalda fuera como la de un ave desplumada en el escaparate de un pollero.

«¡Oh, esa vaca!», interrumpió nerviosa, como si la gran vaca de madera en el prado la hubiera conmocionado y salvado de alguna indiscreción. Luego se estremeció, y entonces hizo el torpe movimiento angular que yo había visto antes, como si, después de un espasmo, le ardiera o le picara algún punto entre los hombros. Entonces volvió a parecer la mujer más infeliz del mundo, y yo volví a reprocharle, aunque no con la misma convicción, pues si había una razón, y si yo conocía la razón, el estigma se quitaba de la vida.

«Cuñadas», dije...

Sus labios se fruncieron como si fueran a escupir veneno al oír la palabra; y siguieron fruncidos. Lo único que hizo fue coger su guante y frotar con fuerza una mancha en el cristal de la ventana. Frotó como si fuera a borrar algo para siempre... alguna mancha, alguna contaminación indeleble. De hecho, la mancha permaneció a pesar de todos sus frotamientos, y ella volvió a hundirse, con el estremecimiento y el aferramiento del brazo que yo había aprendido a esperar. Algo me impulsó a coger mi guante y frotar la ventana. También allí había una pequeña mancha en el cristal. Por mucho que la frotara, permanecía allí. Y entonces el espasmo me atravesó; torcí el brazo y me toqué la mitad de la espalda. También sentía mi piel como si fuera la piel húmeda del pollo en el escaparate del pollero; un punto entre los hombros me picaba e irritaba, se sentía húmedo, en carne viva. ¿Podía alcanzarlo? Lo intenté subrepticiamente. Ella me vio. Una sonrisa de infinita ironía, de infinito dolor, revoloteó y luego se desvaneció de su rostro. Pero se había comunicado, había compartido su secreto, había pasado su veneno; no hablaría más. Recostada en mi rincón, protegiendo mis ojos de los suyos, viendo sólo las pendientes y los valles, los grises y los morados del paisaje invernal, leí su mensaje, descifré su secreto, leyéndolo bajo su mirada.

Hilda es la cuñada. ¿Hilda? ¿Hilda? Hilda Marsh... Hilda la floreciente, la de los pechos llenos, la matrona. Hilda se queda en la puerta cuando el taxi se acerca, sosteniendo una moneda. «Pobre Minnie, más chaparra que nunca, la vieja capa que tenía el año pasado. Bueno, bueno, con dos niños hoy en día no se puede hacer más. No, Minnie, yo me encargo; aquí tiene, taxista... no te salgas con la tuya. Entra, Minnie. Oh, ¡incluso podría cargarte a *ti*, deja allí tu cesta!». Así que entran en el comedor. «Niños, Tía Minnie».

Lentamente, los cuchillos y los tenedores se hunden desde arriba. Se bajan (Bob y Bárbara), extienden las manos con rigidez; vuelven a sus sillas, mirando fijamente entre los bocados reanudados. [Pero esto nos lo saltaremos; los adornos, las cortinas, el plato de porcelana con tréboles, los quesos amarillos alargados, los cuadrados blancos de galletas... lo saltaremos... ¡oh, pero esperen! A mitad del almuerzo, uno de esos escalofríos; Bob la mira fijamente, con la cuchara en la boca. «Sigue con tu pudín, Bob»; pero Hilda lo desaprueba. «¿Por qué *tendría* ella que retorcerse?». Lo saltamos, lo saltamos, hasta que llegamos al rellano del piso superior; las escaleras están cubiertas de bronce; el linóleo está desgastado; ¡oh, sí! un pequeño dormitorio con vistas a los tejados de Eastbourne... techos zigzagueantes como las columnas de las orugas, por aquí, por allá, a rayas rojas y amarillas, con pizarra azul y negra]. Ahora, Minnie, la puerta está cerrada; Hilda desciende pesadamente al sótano; tú te desprendes de las correas de tu cesta, colocas sobre la cama un exiguo camisón, te pones al lado de unas zapatillas de fieltro de piel. El espejo... no, evitas el espejo. Una disposición metódica de los alfileres del sombrero. ¿Quizás la caja de conchas tiene algo dentro? La agitas; es la perla que había el año pasado... eso es todo. Y luego el olor, el suspiro, el sentarse junto a la ventana. Las tres de la tarde en diciembre; la lluvia cayendo; una luz baja en el tragaluz de un emporio de cortinas;

otra alta en el dormitorio de un sirviente... esta se apaga. Eso no le deja nada que mirar. Un momento de ausencia... y luego, ¿en qué piensas? (Dejen que me asome al otro lado; está dormida o lo finge; entonces, ¿en qué pensaría sentada en la ventana a las tres de la tarde? ¿Salud, dinero, colinas, su Dios?). Sí, sentada en el mismo borde de la silla mirando por encima de los tejados de Eastbourne, Minnie Marsh reza a Dios. Eso está muy bien; y también puede frotar el cristal, como para ver mejor a Dios; pero ¿qué Dios ve? ¿Quién es el Dios de Minnie Marsh, el Dios de las calles secundarias de Eastbourne, el Dios de las tres de la tarde? Yo también veo los tejados, veo el cielo; pero, ¡oh, querida... esta visión de los Dioses! Se parece más al Presidente Kruger que al Príncipe Alberto, eso es lo mejor que puedo hacer por él; y lo veo en una silla, con un abrigo negro, no muy alto tampoco; puedo conseguir una nube o dos para que se siente; y entonces su mano que se arrastra en la nube sostiene una vara, un garrote ¿no?... negro, grueso, espinoso... un viejo y brutal matón... ¡El Dios de Minnie! ¿Él le envió la picazón, el remiendo y el tirón? ¿Es por eso que ella reza? Lo que ella frota en la ventana es la mancha del pecado. ¡Oh, ella cometió algún crimen!

Puedo elegir mis crímenes. Los bosques revolotean y se van... en verano hay campanillas; en el claro, cuando llega la primavera, prímulas. ¿Una despedida, fue, hace veinte años? ¿Votos rotos? ¡No los de Minnie!... Ella fue fiel. ¡Cómo cuidó a su madre! Todos sus ahorros en la lápida... coronas de flores bajo el cristal... narcisos en frascos. Pero estoy yéndome por las ramas. Un crimen... Dirían que guardó su pena, que reprimió su secreto —su sexo, dirían— los científicos. ¡Pero qué tontería es endilgarle a *ella* lo del sexo! No... más bien esto. Al pasar por las calles de Croydon hace veinte años, los lazos violetas del escaparate de la mercería, iluminados por la luz eléctrica, le llaman la atención. Se demora... son las seis pasadas. Todavía puede llegar a casa corriendo. Atraviesa la puerta giratoria de cristal. Es la época de las rebajas. Las bandejas poco profundas rebosan de cintas. Ella se detiene, tira de esto, toca aquello con las rosas en relieve... no hay que elegir, no hay que comprar, y cada bandeja con sus sorpresas. «No cerramos hasta las siete», y enseguida *son* las siete. Corre, se apresura, llega a casa, pero demasiado tarde. Los vecinos... el médico... el hermano pequeño... la tetera... el hospital... la muerte... ¿o sólo el susto, la culpa? ¡Ah, pero los detalles no importan! Es lo que lleva consigo; la mancha, el crimen, lo que hay que expiar, siempre allí entre los hombros. «Sí», parece asentirme, «es lo que hice».

No me importa si lo hiciste o qué hiciste; no es eso lo que quiero. El escaparate de la mercería con un lazo violeta... eso servirá; un poco barato quizás, un poco vulgar... ya que una puede elegir los crímenes, pero entonces hay tantos (déjame echar un vistazo otra vez... ¡todavía durmiendo, o fingiendo dormir! blanca, desgastada, la boca cerrada... un toque de obstinación, más de lo que uno pensaría... ningún indicio de sexo)... tantos crímenes no son *tu* crimen; tu crimen fue barato; sólo la retribución solemne; porque ahora la puerta de la iglesia se abre, el duro banco de madera la recibe; sobre las baldosas marrones se arrodilla; cada día, invierno, verano, atardecer, amanecer (aquí está ella) reza. Todos sus pecados caen, caen, para siempre caen. El punto en la espalda los recibe. Se levanta, se enrojece, arde. Luego se estremece. Los niños pequeños la señalan. «Bob en el almuerzo hoy»... ¡Pero las mujeres mayores son las peores!

De hecho, ahora ya no puedes seguir rezando. Kruger se ha hundido bajo las nubes... barrido como con el pincel de un pintor, de gris líquido, al que añade un matiz de negro; hasta la punta de el garrote ha desaparecido. ¡Eso es lo que siempre pasa! Justo cuando lo has visto, lo has sentido, alguien interrumpe. Es Hilda esta vez.

¡Cómo la odias! Incluso cierra con llave la puerta del baño durante la noche, aunque sólo quieres agua fría, y a veces, cuando la noche ha sido mala, parece que lavarse ayuda. Y John en el desayuno —los niños—, las comidas son lo peor, y a veces hay amigos —los helechos no los ocultan del todo—, también adivinan; así que sales por el frente, donde las olas son grises, y los papeles vuelan, y los cobertizos de vidrio son verdes y tienen corrientes de aire, y las sillas cuestan dos peniques —demasiado—, pues debe haber predicadores a lo largo de las playas. Ah, ése es un negro... ése es un hombre gracioso... ése es un hombre con periquitos... ¡pobres criaturas! ¿No hay nadie aquí que piense en Dios?... allí arriba, sobre el muelle, con su caña...pero no... no hay nada más que gris en el cielo o si es azul las nubes blancas lo ocultan, y la música —es música militar— y ¿qué están pescando? ¿Hay pesca? ¡Cómo miran los niños! Bueno, entonces a casa por el camino de atrás... «¡A casa por el camino de atrás!». Las palabras tienen significado; podrían haber sido pronunciadas por el anciano con bigotes... no, no, realmente no habló; pero todo tiene significado... los carteles apoyados en los pórticos... los nombres sobre los escaparates... las frutas rojas en las cestas... las cabezas de las mujeres en la peluquería... todo dice «¡Minnie Marsh!». Pero aquí hay un idiota. «¡Los huevos son más baratos!». ¡Eso es lo que siempre pasa! Estaba dirigiéndola por la cascada, directamente hacia la locura, cuando, como un rebaño de ovejas de ensueño, se vuelve hacia el otro lado y huye entre mis dedos. Los huevos son más baratos. Aferrada a las orillas del mundo, ninguno de los crímenes, penas, rapsodias o locuras para la pobre Minnie Marsh; nunca llega tarde al almuerzo; nunca se ve atrapada en una tormenta sin un impermeable; nunca es totalmente inconsciente de la barato que son los huevos. Así que llega a casa... se limpia las botas.

¿Te he leído bien? Pero el rostro humano... el rostro humano en la parte superior de la hoja más completa de la impresión contiene más, retiene más. Ahora, con los ojos abiertos, mira hacia fuera; y en el ojo humano... ¿cómo lo defines?... hay una ruptura... una división... de modo que cuando has agarrado el torso de la mariposa... la polilla que cuelga al atardecer sobre la flor amarilla... muévete, levanta la mano, fuera, alto, lejos. No voy a levantar la mano. Quédate quieta, entonces, estremecimiento, vida, alma, espíritu, lo que sea de Minnie Marsh... yo también, en mi flor... el halcón sobre el plumón... sola, ¿o qué valía la vida? Ponerse de pie; quedarse quieta en la tarde, en el mediodía; quedarse quieta sobre el plumón. El parpadeo de una mano... ¡arriba! y luego de nuevo en posición. Sola, sin ser visto; viendo todo tan quieto allí abajo, todo tan hermoso. Nadie ve, a nadie le importa. Los ojos de los demás son nuestras prisiones; sus pensamientos, nuestras jaulas. Aire arriba, aire abajo. Y la luna y la inmortalidad... ¡Oh, pero me caigo al suelo! ¿Tú también estás en el rincón, cómo te llamas... mujer... Minnie Marsh; un nombre así? Ahí está, pegada a su flor; abriendo su cartera, de la que saca una cáscara hueca... un huevo... ¿quién decía que los huevos eran más baratos? ¿Tú o yo? Oh, fuiste tú quien lo dijo de camino a casa, te acuerdas, cuando el viejo caballero, abriendo de repente su paraguas... ¿o estornudando fue? En cualquier caso, Kruger se fue, y tú llegaste «a casa por el camino de atrás», y te limpiaste las botas. Sí. Y ahora pones sobre tus rodillas un pañuelo de bolsillo en el que caen pequeños fragmentos angulosos de cáscara de huevo... fragmentos de un mapa... un rompecabezas. ¡Desearía poder unirlos! Si se quedara quieta. Ha movido las rodillas... el mapa está en pedazos otra vez. Por las laderas de los Andes, los bloques blancos de mármol bajan saltando y precipitándose, aplastando hasta la muerte a toda una tropa de arrieros españoles, con su convoy... el botín de Drake, oro y plata. Pero, para volver...

¿A qué, a dónde? Abrió la puerta, y, poniendo el paraguas en su lugar... eso no hace falta decirlo; también el tufillo a carne del sótano; punto, punto, punto. Pero lo que no puedo eliminar así, lo que debo, con la cabeza gacha, los ojos cerrados, con el coraje de un batallón y la ceguera de un toro, embestir y dispersar son, indudablemente, las figuras detrás de los helechos, los viajeros de comercio. Allí los he escondido todo este tiempo con la esperanza de que de algún modo desaparecieran, o mejor aún, emergieran, como de hecho deben hacerlo, si la historia ha de seguir acumulando riqueza y rotundidad, destino y tragedia, como deben hacerlo las historias, arrastrando consigo a dos, si no tres, viajeros de comercio y toda una arboleda de aspidistra. «Las frondas de la aspidistra sólo ocultaban en parte al viajero de comerco...». Los rododendros lo ocultarían por completo, y de paso me darían mi oportunidad de rojo y blanco, por la que me muero y me esfuerzo; pero los rododendros en Eastbourne... en diciembre... en la mesa de los Marsh... no, no, no me atrevo; todo es cuestión de cortezas y vinagreras, volantes y helechos. Tal vez haya un momento más tarde junto al mar. Además, siento, pinchando agradablemente a través de la greca verde y por encima del cristal tallado, un deseo de asomarse y espiar al hombre de enfrente... uno es todo lo que puedo conseguir. ¿Es James Moggridge, a quien los Marsh llaman Jimmy? [Minnie, debes prometerme que no te estremecerás hasta que haya aclarado esto]. James Moggridge viaja y comercia con... ¿digamos botones?... pero no ha llegado el momento de hablar de *ellos*... los grandes y los pequeños en los cartones largos, algunos de ojos de pavo real, otros de oro mate; algunos de cuarzo, y otros rociados de coral... pero digo que no ha llegado el momento. Él viaja, y los jueves, su día de Eastbourne, toma sus comidas con los Marsh. Su cara roja, sus pequeños ojos firmes... no son del todo comunes... su enorme apetito (eso es seguro; no mirará a Minnie hasta que el pan haya secado la salsa), la servilleta metida con forma de diamante... pero esto es primitivo, y, haga lo que haga el lector, que no se preocupe por mí. Vayamos a la casa de los Moggridge y pongamos esto en marcha. Bueno, las botas de la familia son remendadas los domingos por el propio James. Lee la revista *Truth*. ¿Pero su pasión? Las rosas... y su mujer, una enfermera de hospital jubilada... interesante... ¡por el amor de Dios, déjame tener una mujer con un nombre que me guste! Pero no; ella es de los hijos no nacidos de la mente, ilícitos, pero no por ello menos amados, como mis rododendros. Cuántos mueren en cada novela que se escribe... los mejores, los más queridos, mientras Moggridge vive. Es culpa de la vida. Aquí está Minnie comiendo su huevo en ese momento, al frente y al otro lado de la línea... ¿hemos pasado Lewes?... debe estar Jimmy... ¿o para qué este espasmo?

Tiene que haber un Moggridge... la vida tiene la culpa. La vida impone sus leyes; la vida bloquea el camino; la vida está detrás del helecho; la vida es la tirana; ¡oh, pero no abusiva! No, porque les aseguro que vengo de buena gana; vengo cortejada por Dios sabe qué compulsión a través de helechos y vinagreras, mesa salpicada y botellas embadurnadas. Vengo irresistiblemente a alojarme en algún lugar de la firme carne, en la robusta columna vertebral, dondequiera que pueda penetrar o encontrar un punto de apoyo en la persona, en el alma, del hombre Moggridge. La enorme estabilidad del tejido; la columna vertebral dura como un hueso de ballena, recta como un roble; las costillas irradiando ramas; la carne tensa, de lona; los huecos rojos; la succión y la regurgitación del corazón; mientras desde arriba la carne cae en cubos marrones y la cerveza brota para volver a convertirse en sangre... y así llegamos a los ojos. Detrás de la aspidistra ven algo: negro, blanco, lúgubre; ahora el plato de nuevo; detrás de la aspidistra ven a la mujer mayor; «la hermana de Marsh, Hilda es más de mi tipo»; el mantel ahora. «Marsh sabría lo que le pasa a los Morris...», habla de eso; el queso ha llegado; el plato de nuevo; dale la vuelta... los enormes dedos; ahora la mujer de enfrente. «La hermana de Marsh... no se parece en nada a Marsh; pobre, mujer mayor... Deberías alimentar a tus gallinas... La verdad de Dios, ¿qué la ha hecho estremecer? ¿No es lo que *yo* dije? ¡Querida, querida, querida! Estas mujeres mayores. ¡Querida, querida!».

[Sí, Minnie; sé que te has estremecido, pero un momento... James Moggridge].

«¡Querida, querida, querida!». ¡Qué bello es el sonido! Como el golpe de un mazo sobre madera curada, como el latido del corazón de un antiguo ballenero cuando los mares presionan y el verde se nubla. «¡Querida, querida!», qué campana pasajera para las almas de los inquietos, para calmarlos y consolarlos, para envolverlos en lino, diciendo, «¡hasta la vista! ¡buena suerte para ti!», y luego, «¿qué te da placer?», porque aunque Moggridge arrancara su rosa para ella, eso está hecho, eso se acabó. ¿Y ahora, qué es lo siguiente? «Señora, perderá su tren», pues no se demoran.

Ese es el camino del hombre; ese es el sonido que reverbera; esa es San Pablo y los moto-omnibuses. Pero nos estamos quitando las migajas. Oh, Moggridge, ¿no te quedas? ¿Debes irte? ¿Vas a conducir por Eastbourne esta tarde en uno de esos pequeños carruajes? ¿Eres tú el hombre que está amurallado en cajas de cartón verde, y que a veces tiene las persianas bajadas, y a veces está sentado tan solemne mirando como una esfinge, y siempre hay una mirada sepulcral, algo de enterrador, de ataúd, y de crepúsculo sobre el caballo y el conductor? Dime... pero las puertas se cerraron de golpe. No volveremos a vernos. ¡Moggridge, adiós!

Sí, sí, ya voy. Hasta arriba de la casa. Me quedaré un momento. Cómo da vueltas el lodo en la mente… qué remolino dejan estos monstruos, las aguas que se mecen, las hierbas que se agitan y son verdes aquí, negras allá, golpeando la arena, hasta que gradualmente los átomos se reúnen nuevamente, el depósito se tamiza, y de nuevo a través de los ojos se ve claro y quieto, y viene a los labios alguna oración por los difuntos, algún obsequio por las almas de aquellos a los que uno asiente, la gente que una nunca vuelve a encontrar.

James Moggridge está muerto ahora, se ha ido para siempre. Bueno, Minnie… «No puedo soportarlo más». Si ella dijo eso… (Déjenme mirarla. Está cepillando la cáscara de huevo en profundas pendientes). Lo dijo ciertamente, apoyada en la pared del dormitorio, y arrancando las bolitas que bordean la cortina de color clarete. Pero cuando el yo le habla al yo, ¿quién habla?… el alma sepultada, el espíritu empujado hacia dentro, hacia dentro, hacia la catacumba central; el yo que tomó el velo y dejó el mundo… cobarde tal vez, pero de alguna manera hermoso, mientras revolotea con su linterna sin descanso por los pasillos oscuros. «No puedo soportarlo más», dice su espíritu. «Ese hombre en el almuerzo… Hilda… los niños». ¡Oh, cielos, su sollozo! Es el espíritu que grita su destino, el espíritu llevado de aquí para allá, alojado en las alfombras decrecientes… escasos puntos de apoyo… jirones encogidos de todo el universo que se desvanece… el amor, la vida, la fe, el marido, los hijos, no sé qué esplendores y desfiles vislumbrados en la infancia. «No es para mí… no es para mí».

Pero entonces… las magdalenas, el calvo perro anciano… Las alfombras de abalorios que me apetecen y el consuelo de la ropa interior. Si Minnie Marsh fuera atropellada y llevada al hospital, las enfermeras y los propios médicos exclamarían… Ahí está la vista y la visión… está la distancia… la mancha azul al final de la avenida, mientras que, después de todo, el té es rico, la magdalena caliente, y el perro… «¡Benny, a su cesta, señor, y vea lo que le ha traído mamá!». Así que, cogiendo el guante con el pulgar desgastado, desafiando una vez más al demonio invasor de lo que se dice «entrar en dificultades», renuevas las fortificaciones, enhebrando la lana gris, hacia dentro y hacia fuera.

Hacia dentro y hacia fuera, por el medio y por encima, tejiendo una red a través de la cual el mismo Dios… ¡cállate, no pienses en Dios! ¡Qué firmes son las puntadas! Debes estar orgullosa de tu zurcido. Que nada la perturbe. Que la luz caiga suavemente, y las nubes muestren un chaleco interior de la primera hoja verde. Deja que el gorrión se pose en la rama y agite la gota de lluvia que cuelga del codo de la rama… ¿Por qué mirar hacia arriba? ¿Fue un sonido, un pensamiento? ¡Oh, cielos! ¡Volver a la cosa que hiciste, la placa de vidrio con los bucles violetas? Pero Hilda vendrá. Ignominias, humillaciones, ¡oh! Cierra la brecha.

Una vez remendado el guante, Minnie Marsh lo deja en el cajón. Cierra el cajón con decisión. Veo su cara en el espejo. Los labios están fruncidos. La barbilla erguida. Luego se ata los zapatos. Luego se toca la garganta. ¿Qué broche se ha puesto? ¿Muérdago o hueso? ¿Y qué está pasando? A menos que me equivoque mucho, el pulso se acelera, el momento se acerca, los hilos corren, el Niágara está delante. ¡Aquí viene la crisis! ¡Que el cielo te acompañe! Abajo va ella. ¡Valor, valor! ¡Afróntalo, hazlo! ¡Por el amor de Dios, no te detengas ahora sobre la alfombra! ¡Ahí está la puerta! Estoy de tu lado. ¡Habla! ¡Enfréntala, confronta su alma!

«¡Oh, le pido perdón! Sí, esto es Eastbourne. Yo se la llevo. Déjeme probar la manija». [Pero, Minnie, aunque sigamos fingiendo, te he leído bien... estoy contigo ahora].

«¿Ese es todo su equipaje?».

«Muy agradecida; sí, estoy segura».

(¿Pero por qué miras a tu alrededor? Hilda no vendrá a la estación, ni John; y Moggridge está conduciendo en las afueras de Eastbourne).

«Esperaré junto a mi maleta, señora, es lo más seguro. Dijo que se reuniría conmigo ... ¡Oh, ahí está! Ese es mi hijo».

Así que se van juntos.

Bueno, pero estoy confundida... ¡Seguramente, Minnie, tú lo sabes mejor! Un joven extraño... ¡Detente! Le diré... ¡Minnie!... ¡Señorita Marsh!... Aunque no lo sé. Hay algo extraño en su capa cuando sopla. Oh, pero es falso, es indecente... Miren cómo se inclina él cuando llegan a la puerta. Ella encuentra su billete. ¿Cuál es la broma? Se van, por la carretera, uno al lado del otro... ¡Bueno, mi mundo está acabado! ¿En qué me apoyo? ¿Qué sé yo? Esa no es Minnie. Nunca hubo Moggridge. ¿Quién soy yo? La vida está desnuda como un hueso.

Y, sin embargo, la última mirada de ellos... él bajando del bordillo y ella siguiéndolo por el costado del gran edificio me llena de asombro... me inunda de nuevo. ¡Figuras misteriosas! Madre e hijo. ¿Quiénes son? ¿Por qué caminan por la calle? ¿Dónde dormirán esta noche, y luego, mañana? ¡Oh, cómo se arremolina y surge... me hace flotar de nuevo! Empiezo a seguirlos. La gente pasa por aquí y por allá. La luz blanca chisporrotea y se derrama. Ventanas de cristal. Claveles; crisantemos. Hiedra en jardines oscuros. Carros de leche en la puerta. Dondequiera que vaya, figuras misteriosas, los veo, doblando la esquina, madres e hijos; ustedes, ustedes, ustedes. Me apresuro, los sigo. Esto, imagino, debe ser el mar. Gris es el paisaje; tenue como la ceniza; el agua murmura y se mueve. Si caigo de rodillas, si sigo el ritual, las antiguas payasadas, son ustedes, figuras desconocidas, a quienes adoro; si abro los brazos, son ustedes a quienes abrazo, a quienes atraigo hacia mí... ¡mundo adorable!

Pues bien, aquí estamos, y si echas un vistazo a la sala verás que los subterráneos y los tranvías y los omnibuses, no pocos vehículos privados, e incluso, me aventuro a creer, los landaus han estado ocupados en ello, tejiendo hilos de un extremo a otro de Londres. Sin embargo, empiezo a tener mis dudas...

Si es cierto, como dicen, que Regent Street está abierto, y el Tratado firmado, y el tiempo no es frío para la época del año, e incluso con ese alquiler no hay un piso disponible, y lo peor de la gripe son sus efectos posteriores; si pienso que me olvidé de escribir sobre la gotera en la despensa, y dejé mi guante en el tren; si los lazos de sangre me exigen, inclinándome hacia adelante, aceptar cordialmente la mano que tal vez se ofrece vacilante...

«¡Siete años desde que nos conocimos!».

«La última vez en Venecia».

«¿Y dónde vives ahora?».

«Bueno, sin embargo, más bien tarde por la tarde es cuando más me conviene, si no fuera mucho pedir...».

«¡Pero si te reconocí enseguida!».

«Aun así, la guerra detuvo todo...».

Si la mente está atravesada por esas flechitas, y... porque la sociedad humana lo obliga... apenas una es lanzada, otra más avanza; si esto engendra calor y además han encendido la luz eléctrica; si decir una cosa deja tras de sí, en tantos casos, la necesidad de mejorar y revisar, suscitando además arrepentimientos, placeres, vanidades y deseos... si son los hechos a los que me refiero, y los sombreros, las boas de piel, los abrigos con cola de golondrina de los caballeros y los alfileres de corbata de perlas los que salen a la superficie... ¿qué posibilidad hay?

¿De qué? Cada minuto es más difícil decir por qué, a pesar de todo, me siento aquí creyendo que ahora no puedo decir qué, o incluso recordar la última vez que sucedió.

«¿Viste la procesión?».

«El Rey parecía un poco frío».

«No, no, no. ¿Pero qué fue?».

«Ha comprado una casa en Malmesbury».

«¡Qué suerte de encontrar una!».

Por el contrario, me parece bastante seguro que ella, sea quien sea, está condenada, ya que todo es cuestión de bemoles y sombreros y gaviotas, o así parece ser para un centenar de personas sentadas aquí bien vestidas, amuralladas, peludas, repletas. No es que pueda presumir, ya que yo también me siento pasiva en una silla dorada, sólo removiendo la tierra por encima de un recuerdo enterrado, como hacemos todos, pues hay indicios, si no me equivoco, de que todos estamos recordando algo, buscando furtivamente algo. ¿Por qué inquietarse? ¿Por qué tanta inquietud por el lugar de las capas; y los guantes... si abrocharse o desabrocharse? Entonces, observa ese rostro anciano contra el lienzo oscuro, hace un momento urbano y sonrojado; ahora taciturno y triste, como en la sombra. ¿Fue eso el sonido del segundo violín afinando en la antesala? Aquí vienen; cuatro figuras negras, portando instrumentos, y se sientan frente a los cuadros blancos bajo el chorro de luz; apoyan las puntas de sus arcos en el atril; con un movimiento simultáneo los levantan; los colocan ligeramente, y, mirando al músico de enfrente, el primer violín cuenta uno, dos, tres...

¡Florezca, brote, prospere, estalle! El peral en la cima de la montaña. Las fuentes brotan; las gotas descienden. Pero las aguas del Ródano fluyen rápidas y profundas, corren por debajo de los arcos, y barren las hojas de agua que se arrastran, lavando las sombras sobre los peces plateados, los peces manchados llevados por las aguas rápidas, ahora arrastrados a un remolino donde... es difícil esto... conglomerado de peces, todos en un charco; saltando, chapoteando, raspando aletas afiladas; y tal hervor de corriente que los guijarros amarillos giran dando vueltas, vueltas y vueltas... libres ahora, precipitándose hacia abajo, o incluso ascendiendo de algún modo en exquisitas espirales en el aire; enroscados como finas virutas de debajo de un avión; arriba y arriba... ¡Qué bonita es la bondad en aquellos que, pisando ligeramente, van sonriendo por el mundo! También en las alegres y viejas mujeres de pescadores, acuclilladas bajo los arcos, viejas obscenas, ¡qué profundamente se ríen y se agitan y se retuercen, cuando caminan, de lado a lado, hum, hah!

«Es un Mozart temprano, por supuesto...».

«Pero la melodía, como todas sus melodías, hace que una se desespere... quiero decir que tenga esperanza. ¿Qué quiero decir? ¡Eso es lo peor de la música! Quiero bailar, reír, comer pasteles rosas, amarillos, beber vino fino y punzante. O una historia indecente, ahora... podría saborear eso. Cuanto más crece una, más le gusta la indecencia. ¡Ja, ja! Me estoy riendo. ¿De qué? Tú no has dicho nada, ni el viejo caballero de enfrente... Pero supongamos... supongamos... ¡Silencio!».

El río melancólico nos lleva. Cuando la luna atraviesa las ramas de los sauces, veo tu rostro, oigo tu voz y el canto de los pájaros cuando pasamos por el lecho de mimbre. ¿Qué susurras? Dolor, dolor. Alegría, alegría. Entrelazados, como juncos a la luz de la luna. Tejidos juntos, inextricablemente mezclados, atados en el dolor y esparcidos en la pena... ¡Choca!

El barco se hunde. Subiendo, las figuras ascienden, pero ahora la hoja se adelgaza, se afina hasta convertirse en un espectro oscuro, que, con punta de fuego, extrae su doble pasión de mi corazón. Para mí canta, desvela mi dolor, descongela la compasión, inunda de amor el mundo sin sol, y tampoco, cesando, abate su ternura, sino que hábilmente, sutilmente, se entreteje hasta que en este patrón, en esta consumación, las hendiduras se unifican; se elevan, sollozan, se hunden para descansar, pena y alegría.

¿Por qué, entonces, lamentarse? ¿Pedir qué? ¿Permanecer insatisfecha? Yo digo que todo se ha resuelto; sí; se ha puesto a descansar bajo un cobertor de hojas de rosa, cayendo. Cayendo. Ah, pero dejan de caer. Una hoja de rosa, cayendo desde una enorme altura, como un pequeño paracaídas lanzado desde un globo invisible, gira, revolotea vacilante. No nos alcanzará.

«No, no. No he notado nada. Eso es lo peor de la música... estos sueños tontos. ¿Dices que el segundo violín entró tarde?».

«Ahí está la vieja señora Munro, tanteando su salida... más ciega cada año, pobre mujer... en este suelo resbaladizo».

Vejez sin ojos, Esfinge de cabeza gris... Allí está ella en la acera, haciendo señas, tan severamente, al ómnibus rojo.

«¡Qué bonito! ¡Qué bien tocan! ¡Qué... qué... qué!».

La lengua no es más que un badajo. La simplicidad misma. Las plumas del sombrero que está a mi lado son brillantes y agradables como el sonajero de un niño. La hoja del plátano parpadea, verde a través de la rendija de la cortina. Muy extraño, muy emocionante.

«¡Cómo... cómo... cómo!». ¡Silencio!

Estos son los amantes en la hierba.

«Si, señora, tome mi mano...».

«Señor, le confiaría mi corazón. Además, hemos dejado nuestros cuerpos en la sala de banquetes. Aquéllos que están en el césped son las sombras de nuestras almas».

«Entonces estos son los abrazos de nuestras almas». Los limones asienten. El cisne se aparta de la orilla y flota, soñando en medio de la corriente.

«Pero, para volver. Me siguió por el pasillo y, al doblar la esquina, pisó el encaje de mis enaguas. ¿Qué podía hacer sino gritar «¡ah!» y detenerme para tocarlo? En ese momento sacó su espada, hizo pases como si estuviera apuñalando algo hasta la muerte, y gritó «¡loca! ¡loca! ¡loca!». Entonces yo grité, y el Príncipe, que estaba escribiendo en el gran libro de vitela de la ventana mirador, salió con su gorro de terciopelo y sus zapatillas de piel, y cogió un estoque de la pared... el regalo del Rey de España, ya lo sabes... con lo que me escapé, echándome esta capa para ocultar los estragos en mi falda... para ocultar... Pero, ¡escucha! ¡los cuernos!».

El caballero responde tan rápidamente a la dama, y ella sube la escala con un intercambio de piropos tan ingenioso que ahora culmina en un sollozo de pasión, que las palabras son indistinguibles aunque el significado es bastante claro... amor, risa, vuelo, persecución, dicha celestial... todo flota en la onda más alegre del tierno cariño... hasta que el sonido de los cuernos de plata, al principio lejano, suena gradualmente más y más claramente, como si los senescales saludaran al amanecer o proclamaran ominosamente la huida de los amantes... El jardín verde, el estanque iluminado por la luna, los limones, los amantes y los peces se disuelven en el cielo opalino, a través del cual, mientras los cuernos se unen a las trompetas y se apoyan en los clarines se elevan arcos blancos firmemente plantados sobre pilares de mármol... Trampa y trompeta. Tañido y clangor. Establecimiento firme. Rápidos cimientos. Marcha de miríadas. Confusión y caos pisaron la tierra. Pero esta ciudad a la que viajamos no tiene ni piedra ni mármol; cuelga perdurable; se mantiene inconmovible; ni un rostro, ni una bandera saludan o dan la bienvenida. Deja, pues, que perezca tu esperanza; que caiga en el desierto mi alegría; avanza desnuda. Desnudos están los pilares; no son auspiciosos para nadie; no dan sombra; resplandecientes; severos. Atrás entonces caigo, sin ansias, deseando sólo ir, encontrar la calle, marcar los edificios, saludar a la mujer que vende manzanas, decir a la doncella que abre la puerta: una noche estrellada.

«Buenas noches, buenas noches. ¿Va por aquí?».

«No, por desgracia. Voy por allá».

Del parterre ovalado surgieron tal vez un centenar de tallos que se extendían en hojas en forma de corazón o de lengua medio abiertas y que desplegaban en la punta pétalos rojos o azules o amarillos marcados con manchas de color levantadas sobre la superficie; y de la penumbra roja, azul o amarilla de la garganta surgía una barra recta, rugosa con polvo de oro y levemente abultada en el extremo. Los pétalos eran lo suficientemente voluminosos como para ser agitados por la brisa de verano y, cuando se movían, las luces rojas, azules y amarillas pasaban unas sobre otras, tiñendo un centímetro de la tierra marrón que había debajo con una mancha del más intrincado color. La luz caía o bien sobre el liso y gris lomo de un guijarro, o bien sobre la concha de un caracol con sus venas marrones y circulares, o bien, cayendo en una gota de lluvia, expandía con tal intensidad de rojo, azul y amarillo las delgadas paredes de agua que uno esperaba que reventaran y desaparecieran. En cambio, la gota volvió a quedar en un gris plateado por segunda vez, y la luz se posó ahora sobre la carne de una hoja, revelando el hilo ramificado de la fibra bajo la superficie, y de nuevo avanzó y extendió su iluminación en los vastos espacios verdes bajo la cúpula de las hojas en forma de corazón y de lengua. Luego, la brisa se agitó con más fuerza en lo alto y el color se proyectó en el aire, en los ojos de los hombres y mujeres que pasean por los Jardines de Kew en julio.

Las figuras de estos hombres y mujeres pasaban rezagadas por el parterre con un movimiento curiosamente irregular, no muy diferente al de las mariposas blancas y azules que cruzaban el césped en vuelos en zigzag, de lecho en lecho. El hombre iba unas seis pulgadas delante de la mujer, paseando despreocupadamente, mientras ella seguía adelante con mayor propósito, sólo volviendo la cabeza de vez en cuando para ver que los niños no estaban demasiado lejos. El hombre mantenía esta distancia frente a la mujer a propósito, aunque quizás inconscientemente, pues deseaba seguir con sus pensamientos.

«Hace quince años vine aquí con Lily», pensó. «Nos sentamos en algún lugar junto a un lago y le supliqué que se casara conmigo durante toda la calurosa tarde. ¡Cómo la libélula seguía dando vueltas a nuestro alrededor! ¡Cómo veo claramente la libélula y el zapato de ella, con la hebilla cuadrada, de plata en la punta! Todo el tiempo que yo hablaba veía su zapato y cuando este se movía con impaciencia sabía, sin levantar la vista, lo que ella iba a decir: toda ella parecía estar en su zapato. Y mi amor, mi deseo, estaban en la libélula; por alguna razón pensé que si se posaba allí, en aquella hoja, la ancha con la flor roja en el centro, si la libélula se posaba en la hoja ella diría «sí» de inmediato. Pero la libélula daba vueltas y vueltas: nunca se posaba en ningún sitio... Claro que no, felizmente no, o no estaría caminando aquí con Eleanor y los niños... Dime, Eleanor. ¿Alguna vez piensas en el pasado?».

«¿Por qué lo preguntas, Simon?».

«Porque he estado pensando en el pasado. He estado pensando en Lily, la mujer con la que podría haberme casado... Pero bueno, ¿por qué estás callada? ¿Te molesta que piense en el pasado?».

«¿Por qué debería importarme, Simon? ¿No piensa uno siempre en el pasado, en un jardín con hombres y mujeres tumbados bajo los árboles? ¿No son el pasado de uno, todo lo que queda del pasado, esos hombres y mujeres, esos fantasmas que yacen bajo los árboles, ... la felicidad de uno, la realidad de uno?».

«Para mí, una hebilla de zapato cuadrada, de plata, y una libélula...».

«Para mí, un beso. Imagínate a seis niñas sentadas ante sus caballetes hace veinte años, a la orilla de un lago, pintando los nenúfares, los primeros nenúfares rojos que yo había visto. Y de repente un beso, allí en la nuca. Y mi mano tembló toda la tarde y no pude pintar. Saqué mi reloj y marqué la hora en la que me permitiría pensar en el beso sólo durante cinco minutos... era tan precioso... el beso de una vieja canosa con una verruga en la nariz, la madre de todos mis besos de toda la vida. Ven, Caroline, ven, Hubert».

Siguieron caminando más allá del parterre, ahora de a cuatro, y pronto disminuyeron su tamaño entre los árboles y parecían casi transparentes mientras la luz del sol y la sombra nadaban sobre sus espaldas, en grandes manchas irregulares y temblorosas.

En el parterre ovalado, el caracol, cuya concha se había teñido de rojo, azul y amarillo durante unos dos minutos, parecía moverse ahora muy ligeramente en su concha, y a continuación comenzó a trabajar sobre las migajas de tierra suelta que se desprendían y rodaban, al pasar sobre ellas. Parecía tener un objetivo definido frente a él, diferenciándose en este aspecto del singular insecto verde anguloso de gran altura que intentó cruzar frente a él, y esperó un segundo con sus antenas temblando como si estuviera deliberando, y luego se alejó tan rápida y extrañamente en la dirección opuesta. Acantilados marrones con profundos lagos verdes en las hondonadas, árboles planos con forma de hoja que se agitaban desde la raíz hasta la punta, rocas redondas, hechas de piedra gris, vastas superficies arrugadas de una fina textura crepitante... todos estos objetos se interponían en el avance del caracol, entre un tallo y otro, hacia su meta. Antes de que se decidiera a sortear la tienda arqueada de una hoja muerta o a pecharla, pasaron por delante del lecho los pies de otros seres humanos.

Esta vez los dos eran hombres. El más joven de los dos tenía una expresión de calma quizá antinatural; levantaba los ojos y los fijaba muy firmemente frente a él mientras su compañero hablaba, y en cuanto este terminaba de hablar volvía a mirar al suelo y a veces sólo abría los labios tras una larga pausa y a veces no los abría en absoluto. El anciano tenía una forma de caminar curiosamente desigual y temblorosa, sacudiendo la mano hacia delante y levantando la cabeza bruscamente, más bien a la manera de un impaciente caballo de carruaje cansado de esperar fuera de una casa; pero en él estos gestos eran irresolutos y carecían de sentido. Hablaba casi sin cesar; sonreía para sí mismo y volvía a hablar, como si la sonrisa hubiera sido una respuesta. Hablaba de espíritus... de los espíritus de los muertos, que, según él, incluso ahora le estaban contando todo tipo de cosas extrañas sobre sus experiencias en el Cielo.

«El cielo era conocido por los antiguos como Tesalia, William, y ahora, con esta guerra, la materia espiritual está rodando entre las colinas como un trueno». Hizo una pausa, pareció escuchar, sonrió, sacudió la cabeza y continuó...

«Tiene una pequeña batería eléctrica y un trozo de goma para aislar el cable... ¿aislar?... ¿insular?... bueno, nos saltaremos los detalles, no es bueno entrar en detalles que no se entenderían... y en resumen la maquinita se coloca en cualquier posición conveniente junto a la cabecera de la cama, digamos, en un pulcro soporte de caoba. Una vez que todos los preparativos han sido debidamente arreglados por obreros bajo mi dirección, la viuda aplica su oído y convoca al espíritu por medio de una señal, tal como se había convenido. ¡Mujeres! ¡Viudas! ¡Mujeres de luto...!».

Aquí le pareció divisar a lo lejos un vestido de mujer, que en la sombra parecía de un negro púrpura. Se quitó el sombrero, se puso la mano en el corazón y se precipitó hacia ella murmurando y gesticulando febrilmente. Pero William le cogió por la manga y tocó una flor con la punta de su bastón para desviar la atención del anciano. Después de mirarla por un momento con cierta confusión, el anciano inclinó el oído hacia la flor y pareció responder a una voz que hablaba desde ella, pues comenzó a hablar de los bosques de Uruguay que había visitado cientos de años atrás en compañía de la joven más bella de Europa. Se le oía murmurar sobre los bosques de Uruguay cubiertos con los pétalos de cera de las rosas tropicales, los ruiseñores, las playas marinas, las sirenas y las mujeres ahogadas en el mar, mientras se dejaba llevar por William, en cuyo rostro la mirada de paciencia estoica se hacía cada vez más profunda.

Siguiendo sus pasos muy de cerca, como para quedar ligeramente desconcertadas por sus gestos, llegaron dos ancianas de clase media baja, una corpulenta y pesada, la otra de mejillas sonrosadas y ágil. Como la mayoría de la gente de su posición, estaban francamente fascinadas por cualquier signo de excentricidad que delatara un cerebro desordenado, especialmente en la gente acomodada; pero estaban demasiado lejos como para estar seguras de si los gestos eran meramente excéntricos o genuinamente locos. Después de escudriñar la espalda del anciano en silencio durante un momento y de mirarse mutuamente de forma extraña y maliciosa, prosiguieron con energía su complicadísimo diálogo:

«Nell, Bert, Lot, Cess, Phil, Pa, él dice, yo digo, ella dice, yo digo, yo digo, yo digo...».

«Mi Bert, Sis, Bill, el abuelo, el viejo, el azúcar,

Azúcar, harina, arenques, verduras,

Azúcar, azúcar, azúcar».

La pesada mujer miró a través del entramado de palabras que caían sobre las flores —que se mantenían frescas, firmes y erguidas en la tierra— con una expresión curiosa. Ella las vio como un durmiente que se despierta de un sueño pesado, ve un candelabro de bronce que refleja la luz de una manera desconocida, y cierra los ojos y los abre, y al ver el candelabro de bronce de nuevo, finalmente comienza a despertarse por completo y mira el candelabro con plena consciencia. Así que la pesada mujer se detuvo frente al parterre ovalado y dejó incluso de fingir que escuchaba lo que la otra mujer decía. Se quedó de pie, dejando que las palabras cayeran sobre ella, balanceando la parte superior de su cuerpo lentamente hacia delante y hacia atrás, mirando las flores. Luego sugirió que buscaran un asiento y tomaran el té.

El caracol había considerado ahora todos los métodos posibles para alcanzar su objetivo sin rodear la hoja muerta ni trepar por ella. Más allá del esfuerzo necesario para trepar por una hoja, dudaba de que la delgada textura que vibraba con un crujido tan alarmante al ser tocada incluso por la punta de sus cuernos soportara su peso; y esto le determinó finalmente a arrastrarse por debajo de ella, pues había un punto en el que la hoja se curvaba lo suficientemente alto del suelo como para permitirle el paso. Acababa de introducir la cabeza en esta abertura y estaba observando el alto techo marrón y acostumbrándose a la fresca luz marrón cuando otras dos personas pasaron por el césped. Esta vez eran jóvenes, un hombre y una mujer jóvenes. Ambos estaban en la flor de la juventud, o incluso en ese estadio que precede a la flor de la juventud, el estadio antes de que los suaves pliegues rosados de la flor hayan reventado su funda gomosa, cuando las alas de la mariposa, aunque completamente crecidas, se encuentran inmóviles al sol.

«Suerte que no es viernes», observó él.

«¿Por qué? ¿Crees en la suerte?».

«Te hacen pagar seis peniques los viernes».

«¿Qué son seis peniques? ¿No vale esto seis peniques?».

«¿Qué es «esto»... qué quieres decir con «esto»?».

«Oh, cualquier cosa... quiero decir... ya sabes lo que quiero decir».

Entre cada uno de estos comentarios se producían largas pausas; fueron pronunciados con voces monótonas y sin tono. La pareja se quedó quieta al borde del parterre, y juntos presionaron el extremo de la sombrilla de ella en la suave tierra. La acción y el hecho de que la mano de él se apoyara en la parte superior de la de ella expresaban sus sentimientos de una manera extraña, como también expresaban algo esas cortas e insignificantes palabras, palabras con alas cortas para su pesado cuerpo de significado, inadecuadas para llevarlas lejos y que, por tanto, se posaban torpemente sobre los objetos tan comunes que los rodeaban y que eran para su inexperto tacto tan macizos; pero ¿quién sabe (así lo pensaron mientras presionaban la sombrilla contra la tierra) qué precipicios no se esconden en ellos, o qué laderas de hielo no brillan al sol del otro lado? ¿Quién lo sabe? ¿Quién ha visto esto antes? Incluso cuando ella se preguntaba qué clase de té te daban en Kew, él sintió que algo se cernía detrás de sus palabras, y se erigía vasto y sólido tras ellas; y la niebla se elevaba muy lentamente y se descubría... Oh, cielos, ¿qué eran esas formas?... mesitas blancas, y camareras que la miraban primero a ella y luego a él; y había una cuenta que él pagaría con una real moneda de dos chelines, y era real, toda real, se aseguraba a sí mismo, tocando la moneda en su bolsillo, real para todos menos para él y para ella; incluso para él empezaba a parecer real; y entonces... pero todo era demasiado emocionante como para quedarse parado y pensar más tiempo, y sacó la sombrilla de la tierra de un tirón y se impacientó para encontrar el lugar donde se tomaba el té con otras personas, como otras personas.

«Ven, Trissie; es hora de que tomemos el té».

«¿Dónde *toma* uno el té?», preguntó ella con una extraña emoción en la voz, mirando vagamente a su alrededor y dejándose arrastrar por el sendero de hierba, arrastrando su sombrilla, girando la cabeza hacia un lado y otro, olvidando su té, deseando bajar por allí y luego por allí, recordando orquídeas y grullas entre flores silvestres, una pagoda china y un pájaro de cresta carmesí; pero él la llevó hacia delante.

Así, una pareja tras otra, con el mismo movimiento irregular y sin rumbo, pasó por el parterre y se vio envuelta en una capa tras otra de vapor verde azulado, en el que al principio sus cuerpos tenían sustancia y una pizca de color, pero después tanto la sustancia como el color se disolvieron en la atmósfera verde azulada. ¡Qué calor hacía! Tanto calor que hasta el tordo eligió saltar, como un pájaro mecánico, a la sombra de las flores, con largas pausas entre un movimiento y el siguiente; en lugar de excursionar vagamente, las mariposas blancas danzaban unas sobre otras, marcando, con sus copos blancos y cambiantes, el contorno de una columna de mármol destrozada sobre las flores más altas; los techos de cristal de la casa de las palmeras brillaban como si todo un mercado lleno de brillantes paraguas verdes se hubiera abierto al sol; y en el zumbido del avión la voz del cielo de verano murmuraba su alma feroz. Amarillas y negras, rosadas y blancas como la nieve, formas de todos estos colores, hombres, mujeres y niños se divisaron por un segundo en el horizonte, y luego, al ver la amplitud del amarillo que se extendía sobre la hierba, vacilaron y buscaron la sombra bajo los árboles, disolviéndose como gotas de agua en la atmósfera amarilla y verde, tiñéndola débilmente de rojo y azul. Parecía que todos los cuerpos gruesos y pesados se habían hundido en el calor inmóviles y yacían acurrucados en el suelo, pero sus voces se alejaban de ellos como si fueran llamas que se desprenden de los gruesos cuerpos encerados de las velas. Voces. Sí, voces. Voces sin palabras, rompiendo el silencio de repente con tal profundidad de satisfacción, tal pasión de deseo, o, en las voces de los niños, tal frescura de sorpresa; ¿rompiendo el silencio? Pero no había silencio; todo el tiempo los omnibuses giraban sus ruedas y cambiaban de marcha; como un vasto nido de cajas chinas, todas de acero forjado, girando incesantemente una dentro de otra, la ciudad murmuraba; en la cima de la cual las voces gritaban en voz alta y los pétalos de miríadas de flores destellaban sus colores en el aire.

LA MARCA EN LA PARED

Quizás fue a mediados de enero del presente año cuando levanté la vista por primera vez y vi la marca en la pared. Para fijar una fecha es necesario recordar lo que una vio. Así que ahora pienso en el fuego, en la película constante de luz amarilla sobre la página de mi libro, en los tres crisantemos en el cuenco de cristal redondo sobre la repisa de la chimenea. Sí, debía de ser invierno y acabábamos de terminar el té, porque recuerdo que estaba fumando un cigarrillo cuando levanté la vista y vi por primera vez la marca en la pared. Levanté la vista a través del humo de mi cigarrillo y mis ojos se posaron por un momento en las brasas ardientes, y me vino a la mente aquella vieja fantasía de la bandera carmesí ondeando desde la torre del castillo, y pensé en la cabalgata de caballeros de rojo subiendo por la ladera de la roca negra. Para mi alivio, la visión de la marca interrumpió la fantasía, ya que se trata de una vieja fantasía, una fantasía automática, hecha tal vez de niña. La marca era una pequeña marca redonda, negra sobre la pared blanca, a unos quince o veinte centímetros por encima de la repisa de la chimenea.

Con qué facilidad nuestros pensamientos pululan sobre un nuevo objeto, elevándolo un poco, como las hormigas llevan una brizna de paja tan febrilmente, y luego la dejan... Si esa marca fue hecha por un clavo, no puede haber sido para un cuadro, debe haber sido para una miniatura... la miniatura de una dama con rizos blancos empolvados, mejillas maquilladas y labios como claveles rojos. Un fraude, por supuesto, ya que las personas que tenían esta casa antes que nosotros habrían elegido los cuadros de esa manera... un cuadro antiguo para una habitación antigua. Esa es la clase de gente que era... gente muy interesante, y pienso en ellos tan a menudo, en lugares tan extraños, porque una nunca los volverá a ver, nunca sabrá lo que pasó después. Querían dejar esta casa porque querían cambiar su estilo de mobiliario, así lo dijo él, y estaba en proceso de decir que, en su opinión, el arte debería tener ideas detrás cuando nos separamos, como una se separa de la anciana que está a punto de servir el té y del joven que está a punto de golpear la pelota de tenis en el jardín trasero de la villa suburbana cuando uno pasa velozmente en el tren.

Pero en cuanto a esa marca, no estoy segura; no creo que haya sido hecha por un clavo, después de todo; es demasiado grande, demasiado redonda como para eso. Podría levantarme, pero si me levantara y la mirara, apostaría diez contra uno que no podría asegurar lo que es;

porque una vez que una cosa está hecha, nadie sabe nunca cómo sucedió. ¡Oh querido, el misterio de la vida!; ¡la inexactitud del pensamiento! ¡La ignorancia de la humanidad! Para mostrar lo poco que controlamos nuestras posesiones... qué asunto accidental es este vivir después de toda nuestra civilización... permítanme contar algunas de las cosas que se pierden en una vida, empezando, porque eso parece siempre la más misteriosa de las pérdidas... ¿qué gato roería, qué rata mordisquearía... tres cajas azul pálido de herramientas de encuadernación? Luego estaban las jaulas de los pájaros, los aros de hierro, los patines de acero, la carbonera de la Reina Ana, la tabla de bagatelas, el órgano de mano... todo ha desaparecido, y también las joyas. Los ópalos y las esmeraldas, yacen sobre las raíces de los nabos. ¡Es asunto de hurgar, sin duda! Lo maravilloso es que tengo algo de ropa en la espalda, que me siento rodeada de muebles sólidos en este momento. Si se quiere comparar la vida con algo, hay que compararla con el hecho de que te hagan volar por el subterráneo a cincuenta millas por hora... ¡y aterrizar en el otro extremo sin una sola horquilla en el pelo! ¡Salir disparada a los pies de Dios completamente desnuda! Caer de cabeza en las praderas de asfódelos como paquetes de papel marrón arrojados en la oficina de correos. Con el pelo volando hacia atrás como la cola de un caballo de carreras. Sí, eso parece expresar la rapidez de la vida, el perpetuo desperdicio y reparación; todo tan casual, todo tan azaroso...

Pero después de la vida. El lento derribo de los gruesos tallos verdes para que la copa de la flor, al volcarse, lo inundara a una de luz púrpura y roja. ¿Por qué, después de todo, no habría de nacer una allí como nace aquí, indefensa, sin palabras, incapaz de enfocar la vista, tanteando las raíces de la hierba, los dedos de los Gigantes? En cuanto a decir cuáles son los árboles, y cuáles son los hombres y las mujeres, o si existen tales cosas, eso no estará una en condiciones de hacerlo hasta dentro de unos cincuenta años. No habrá más que espacios de luz y oscuridad, entrecruzados por gruesos tallos, y un poco más arriba quizás, manchas en forma de rosa de un color indistinto... rosas y azules tenues... que, con el paso del tiempo, se volverán más definidos, se convertirán en... no sé qué...

Y, sin embargo, esa marca en la pared no es en absoluto un agujero. Incluso puede ser causada por alguna sustancia negra y redonda, como una pequeña hoja de rosa, que haya quedado del verano, y yo, que no soy un ama de casa muy atenta... miren el polvo de la repisa de la chimenea, por ejemplo, el polvo que, según dicen, enterró a Troya tres veces, sólo fragmentos de cerámica que se niegan totalmente a la aniquilación, tal y como una puede creerlo.

El árbol que está fuera de la ventana golpea muy suavemente el cristal... quiero pensar en silencio, con calma, con amplitud, no ser nunca interrumpida, no tener que levantarme de mi silla, deslizarme fácilmente de una cosa a otra, sin ninguna sensación de hostilidad, ni de obstáculo. Quiero hundirme más y más, lejos de la superficie, con sus duros hechos separados. Para estabilizarme, déjenme agarrar la primera idea que pase... Shakespeare... lo hará tan bien como cualquier otra. Un hombre que se sentó sólidamente en un sillón, y miró al fuego, así... Una lluvia de ideas caía perpetuamente desde algún cielo muy alto sobre su mente. Apoyó la frente en la mano, y la gente, mirando a través de la puerta abierta... porque se supone que esta escena tiene lugar en una tarde de verano... ¡Pero qué aburrida es esta ficción histórica! No me interesa en absoluto. Me gustaría poder dar con una pista de pensamiento agradable, una pista que refleje indirectamente el crédito sobre mí misma, porque esos son los pensamientos más agradables, y muy frecuentes incluso en las mentes de las personas modestas de color ratón, que creen sinceramente que no les gusta escuchar elogios sobre sí mismas. No son pensamientos que alaben directamente a una misma; esa es la belleza de ellos; son pensamientos como este:

«Y entonces entré en la habitación. Estaban discutiendo sobre botánica. Dije que había visto una flor que crecía en un montón de polvo en el sitio de una vieja casa en Kingsway. La semilla, dije, debió ser sembrada en el reinado de Carlos I. ¿Qué flores crecían en el reinado de Carlos I?», pregunté... (pero no recuerdo la respuesta). Flores altas con borlas de color púrpura, tal vez. Y así sucesivamente. Todo el tiempo estoy vistiendo la figura de mí misma en mi propia mente, amorosamente, con sigilo, sin adorarla abiertamente, porque si lo hiciera, me descubriría a mí misma, y extendería mi mano de inmediato para un libro de autoprotección. En efecto, es curioso cómo una protege instintivamente la imagen de sí misma de la idolatría o de cualquier otra manipulación que pudiera hacerla ridícula, o demasiado diferente del original para seguir creyendo en ella. ¿O no es tan curioso después de todo? Es una cuestión de gran importancia. Supongamos que el espejo se rompe, que la imagen desaparece y que la figura romántica con el verde de las profundidades del bosque a su alrededor ya no está ahí, sino sólo esa cáscara de persona que es vista por otras personas... ¡en qué mundo sin aire, superficial, calvo y prominente se convierte! Un mundo en el que no se puede vivir. Cuando nos enfrentamos en los omnibuses y en los ferrocarriles subterráneos, nos miramos en el espejo; eso explica la vaguedad, el brillo de la vidriera, en nuestros ojos. Y los novelistas en el futuro se darán cuenta cada vez más de la importancia de estos reflejos, porque por supuesto no hay un solo reflejo sino un número casi infinito; esas son las profundidades que explorarán, esos los fantasmas que perseguirán, dejando la descripción de la realidad cada vez más fuera de sus historias, dando por sentado un conocimiento de la misma, como hicieron los griegos y Shakespeare tal vez… pero estas generalizaciones son muy poco valiosas. El sonido militar de la palabra es suficiente. Recuerda a los artículos principales, a los ministros del gabinete… a toda una clase de cosas que, de niña, una creía que eran la cosa en sí, la cosa estándar, la cosa real, de la que una no podía apartarse salvo a riesgo de una condenación sin nombre. Las generalizaciones nos traen de alguna manera el domingo en Londres, los paseos del domingo por la tarde, los almuerzos del domingo, y también las formas de hablar de los muertos, la ropa y las costumbres… como la costumbre de sentarse todos juntos en una habitación hasta cierta hora, aunque a nadie le gustaba. Había una regla para todo. La regla para los manteles en esa época era que debían ser de tapiz con pequeños compartimentos amarillos marcados en ellos, como los que se pueden ver en las fotografías de las alfombras de los pasillos en los palacios reales. Los manteles de otro tipo no eran verdaderos manteles. Qué chocante y, sin embargo, qué maravilloso fue descubrir que esas cosas reales, los almuerzos de domingo, los paseos de domingo, las casas de campo y los manteles, no eran del todo reales, eran de hecho medio fantasmales, y la condenación que visitaba al descreído en ellos era sólo una sensación de libertad ilegítima. ¿Qué ocupa ahora el lugar de esas cosas, me pregunto, de esas cosas estándar, reales? El punto de vista masculino que gobierna nuestras vidas, que marca la pauta, que establece la *Tabla de Precedencia* de Whitaker, que se ha convertido, supongo, desde la guerra en una especie de fantasma para muchos hombres y mujeres, que pronto, esperemos, será arrojado al cubo de la basura donde van los fantasmas, los aparadores de caoba y los grabados de Landseer, los Dioses y los Demonios, el Infierno y demás, dejándonos a todos con una embriagadora sensación de libertad ilegítima… si es que la libertad existe…

Bajo ciertas luces, esa marca en la pared parece realmente proyectarse desde la pared. Tampoco es totalmente circular. No puedo estar segura, pero parece proyectar una sombra perceptible, lo que sugiere que si pasara mi dedo por esa franja de la pared, en cierto punto subiría y bajaría un pequeño túmulo, un túmulo liso como esos túmulos de los South Downs que son, según dicen, tumbas o campamentos. De los dos preferiría que fueran tumbas, deseando la melancolía como la mayoría de los ingleses, y encontrando natural al final de un paseo pensar en los huesos extendidos bajo el césped... Debe haber algún libro al respecto. Algún anticuario debe haber desenterrado esos huesos y haberles dado un nombre... ¿Qué clase de hombre es un anticuario?, me pregunto. Me atrevo a decir que la mayor parte de los coroneles retirados dirigen grupos de ancianos trabajadores a la cima, examinando terrones de tierra y piedra, y entablando correspondencia con el monasterio vecino, que, al abrirse a la hora del desayuno, les da una sensación de importancia, y la comparación de puntas de flecha hace necesarios los viajes a campo traviesa hacia las ciudades del condado, una necesidad agradable tanto para ellos como para sus ancianas esposas, que desean hacer mermelada de ciruela o limpiar el estudio, y tienen todas las razones para mantener la gran cuestión del campamento o la tumba en perpetua suspensión, mientras el propio coronel se siente agradablemente filosófico al acumular pruebas en ambos lados de la cuestión. Es cierto que finalmente él se inclina por creer en el campamento; y, al oponerse, escribe un panfleto que está a punto de leer en la reunión trimestral de la sociedad local, cuando un ataque lo abate, y sus últimos pensamientos conscientes no son sobre la esposa o el hijo, sino sobre el campamento y esa punta de flecha, que ahora está en la vitrina del museo local, junto con el pie de una asesina china, un puñado de clavos isabelinos, un gran número de pipas de arcilla Tudor, un trozo de cerámica romana, y la copa de vino de la que Nelson bebió... demostrando no sé qué.

No, no, nada está probado, nada se sabe. Y si me levantara en este mismo momento y comprobara que la marca en la pared es realmente... ¿cómo decirlo?... la cabeza de un gigantesco clavo viejo, clavado hace doscientos años, que ahora, debido al paciente desgaste de muchas generaciones de criadas, ha asomado su cabeza por encima de la capa de pintura, y está teniendo su primera visión de la vida moderna a la vista de una habitación de paredes blancas iluminada por el fuego, ¿qué ganaría?... ¿Conocimiento? ¿Materia de especulación? Puedo pensar tanto sentada como de pie. ¿Y qué es el conocimiento? ¿Qué son nuestros eruditos sino los descendientes de brujas y ermitaños que se agazapan en cuevas y bosques preparando hierbas, interrogando a ratones arpía y escribiendo el lenguaje de las estrellas? Y cuanto menos los honramos, a medida que disminuyen nuestras supersticiones y aumenta nuestro respeto por la belleza y la salud de la mente... Sí, una podría imaginar un mundo muy agradable. Un mundo tranquilo y espacioso, con las flores tan rojas y azules en los campos abiertos. Un mundo sin profesores ni especialistas ni amas de casa con perfiles de policías, un mundo que se podía rebanar con el pensamiento como un pez rebanaba el agua con su aleta, rozando los tallos de los nenúfares, colgado sobre nidos de blancos huevos de mar... Qué tranquilidad hay aquí abajo, arraigada en el centro del mundo y mirando hacia arriba a través de las aguas grises, con sus repentinos destellos de luz, y sus reflejos... si no fuera por el *Almanaque* de Whitaker... ¡si no fuera por la *Tabla de Precedencia*!

Debo saltar y ver por mí misma qué es realmente esa marca en la pared... ¿un clavo, una hoja de rosa, una grieta en la madera?

Aquí está la naturaleza una vez más en su viejo juego de auto-preservación. Esta línea de pensamiento, percibe, amenaza con un mero desperdicio de energía, incluso con una colisión con la realidad, porque ¿quién será capaz de levantar un dedo contra la *Tabla de Precedencia* de Whitaker? Al Arzobispo de Canterbury le sigue el Lord Canciller; al Lord Canciller le sigue el Arzobispo de York. Cada uno sigue a alguien, tal es la filosofía de Whitaker; y lo importante es saber quién sigue a quién. Whitaker lo sabe, y deja que eso, así lo aconseja la Naturaleza, les consuele, en lugar de enfurecerlos; y si no pueden consolarse, si debes romper esta hora de paz, piensa en la marca en la pared.

Entiendo el juego de la Naturaleza... su incitación a la acción como forma de acabar con cualquier pensamiento que amenace con excitar o doler. De ahí, supongo, nuestro ligero desprecio por los hombres de acción... hombres, suponemos, que no piensan. Sin embargo, no hay nada malo en poner fin a los pensamientos desagradables mirando una marca en la pared.

De hecho, ahora que he fijado mis ojos en esto, siento que he aferrado un tablón en el mar; siento una satisfactoria sensación de realidad que al mismo tiempo convierte a los dos Arzobispos y al Lord Canciller en sombras de sombras. Aquí hay algo definitivo, algo real. Así, al despertar de un sueño de horror a medianoche, una se apresura a encender la luz y se queda quieta, adorando la cómoda con sus cajones, adorando la solidez, adorando la realidad, adorando el mundo impersonal que es una prueba de alguna existencia distinta a la nuestra. Eso es lo que una quiere tener en claro... La madera es algo agradable de pensar. Viene de un árbol; y los árboles crecen, y no sabemos cómo crecen. Durante años y años crecen, sin hacernos caso, en los prados, en los bosques y a la orilla de los ríos... todo lo que a una le gusta pensar. Las vacas agitan sus colas bajo ellas en las tardes calurosas; pintan los ríos de un color tan verde que cuando una gallina de agua se sumerge una espera ver sus plumas todas verdes cuando vuelve a salir a la superficie. Me gusta pensar en los peces en equilibrio contra la corriente como banderas desplegadas; y en los escarabajos de agua levantando lentamente cúpulas de barro sobre el lecho del río. Me gusta pensar en el propio árbol: primero la sensación de sequedad y cercanía de la madera; luego el rechinar de la tormenta; después el lento y delicioso rezumar de la savia. También me gusta pensar en ello, en las noches de invierno, de pie en el campo vacío con todas las hojas cerradas, nada tierno expuesto a las balas de hierro de la luna, un mástil desnudo sobre una tierra que va dando tumbos, tumbos, toda la noche. El canto de los pájaros debe sonar muy fuerte y extraño en junio; y qué frío deben sentir los insectos en sus pies sobre ella, mientras avanzan laboriosamente por los pliegues de la corteza, o se asolean sobre el delgado toldo verde de las hojas, y miran de frente con ojos rojos como diamantes... Una a una las fibras se quiebran bajo la inmensa presión fría de la tierra, luego llega la última tormenta y, al caer, las ramas más altas se hunden de nuevo en el suelo. Aun así, la vida no está acabada; hay un millón de vidas pacientes y vigilantes todavía para un árbol, en todo el mundo, en los dormitorios, en los barcos, en las aceras, en las habitaciones, donde hombres y mujeres se sientan después del té, fumando cigarrillos. Está lleno de pensamientos pacíficos, de pensamientos felices, este árbol. Me gustaría tomar cada uno por separado... pero algo se interpone... ¿Dónde estaba yo? ¿De qué se trata todo esto? ¿Un árbol? ¿Un río? ¿Los Downs? ¿El *Almanaque* de Whitaker? ¿Los campos de asfódelos? No puedo recordar nada. Todo se mueve, cae, se desliza, se desvanece... Hay una gran agitación de la materia. Alguien está de pie sobre mí y dice...

«Voy a salir a comprar un periódico».

«¿Sí?».

«Aunque no es bueno comprar periódicos... Nunca pasa nada. Maldita guerra; ¡maldita sea esta guerra!... De todos modos, no veo por qué debemos tener un caracol en nuestra pared».

¡Ah, la marca en la pared! Era un caracol.

Mabel tuvo su primera sospecha seria de que algo iba mal cuando se quitó la capa y Mrs. Barnet, mientras le entregaba el espejo y tocaba los cepillos y llamaba así su atención, tal vez de forma bastante marcada, sobre todos los utensilios para arreglar y mejorar el cabello, la tez y la ropa que había en el tocador, confirmó la sospecha —que no todo estaba bien, no del todo bien—, que se hizo más fuerte a medida que subía las escaleras y saltando sobre ella, con la convicción con que saludó a Clarissa Dalloway, se dirigió directamente al otro extremo de la habitación, a un rincón sombreado donde colgaba un espejo y miró. ¡No! No estaba bien. Y al instante, la miseria que siempre había intentado ocultar, la profunda insatisfacción —la sensación que había tenido, desde que era niña, de ser inferior a los demás— se abatió sobre ella, implacable, sin remordimientos, con una intensidad que no podía ahuyentar, como hacía cuando se despertaba por la noche en casa, leyendo a Borrow o a Scott; porque, oh, esos hombres, oh, esas mujeres, todos pensaban: «¿Qué lleva puesto Mabel? ¡Qué aspecto más espantoso tiene! ¡Qué vestido nuevo más horrible!»... sus párpados parpadeaban al levantarse y luego sus párpados se cerraban con fuerza. Era su propia y espantosa insuficiencia; su cobardía; su sangre mezquina y salpicada de agua lo que la deprimía. Y de repente toda la habitación donde, durante tantas horas, había planeado con la pequeña modista cómo iba a ser su vestuario, le pareció sórdida, repulsiva; y su propio salón tan destartalado, y ella misma, al salir, hinchada de vanidad mientras tocaba las cartas sobre la mesa del vestíbulo y decía: «¡Qué aburrido!», para presumir; todo esto le parecía ahora indeciblemente tonto, mezquino y provinciano. Todo esto había sido absolutamente destruido, mostrado, explotado, en el momento en que ella entró en el salón de Mrs. Dalloway.

Lo que había pensado aquella tarde cuando, sentada ante las tazas de té, llegó la invitación de Mrs. Dalloway, era que, por supuesto, no podía estar a la moda. Era absurdo pretenderlo incluso —moda significaba corte, significaba estilo, significaba treinta guineas como mínimo—, pero ¿por qué no ser original? ¿Por qué no ser ella misma, en cualquier caso? Y, levantándose, había cogido aquel viejo libro de modas de su madre, un libro de modas de París de la época del Imperio, y había pensado cuánto más bonitas, más dignas y más femeninas eran entonces, y así se propuso —oh, era una tontería— intentar ser como ellas, presumiendo, de hecho, de ser modesta y anticuada, y muy encantadora, entregándose, sin duda alguna, a una orgía de amor propio, que merecía ser castigado, y así se amañó a sí misma.

Pero no se atrevió a mirar en el espejo. No podía enfrentarse a todo el horror: el vestido de seda amarillo pálido, idiotamente pasado de moda, con su falda larga y sus mangas altas y su cintura y todas esas cosas que parecían tan encantadoras en el libro de moda, pero no en ella, no entre toda esa gente corriente. Se sentía como el maniquí de una modista, allí, de pie, para que los jóvenes le clavaran alfileres.

«¡Pero, querida, es absolutamente encantador!», dijo Rose Shaw, mirándola de arriba abajo con ese pequeño fruncimiento satírico de los labios que ella esperaba; la propia Rose iba vestida a la última moda, precisamente como todo el mundo, siempre.

Todos somos como moscas que intentan arrastrarse por el borde del platillo, pensó Mabel, y repitió la frase como si se estuviera persignando, como si intentara encontrar algún hechizo que anulara este dolor, que hiciera soportable esta agonía. Rótulos de Shakespeare, versos de libros que había leído hacía siglos, le venían de repente cuando estaba en agonía, y los repetía una y otra vez. «Las moscas intentan arrastrarse», repetía. Si podía repetirlo con la suficiente frecuencia y obligarse a ver las moscas, se quedaría entumecida, helada, muda. Ahora podía ver moscas arrastrándose lentamente fuera de un plato de leche con las alas pegadas; y se esforzaba y se esforzaba (de pie frente al espejo, escuchando a Rose Shaw) para obligarse a ver a Rose Shaw y a todas las demás personas allí presentes como moscas, intentando salir de algo, o entrar en algo, moscas ligeras, insignificantes, trabajadoras. Pero ella no podía verlos así, no a los demás. Se veía a sí misma así; ella era una mosca, pero las demás eran libélulas, mariposas, insectos hermosos, danzando, revoloteando, rozando, mientras ella sola se arrastraba para salir del platillo. (La envidia y el rencor, el más detestable de los vicios, eran sus principales defectos).

«Me siento como una vieja mosca desaliñada, decrépita y horriblemente deslucida», dijo ella, haciendo que Robert Haydon se detuviera sólo para oírla decir eso, sólo para tranquilizarse a sí misma produciendo una pobre frase de hechura débil, demostrando así lo desprendida que era, lo ingeniosa, que no se sentía en absoluto fuera de lo que sea. Y, por supuesto, Robert Haydon contestó algo, bastante educado, bastante insincero, que ella vio al instante, y se dijo a sí misma, directamente se presentó la frase (otra vez de algún libro): «¡Mentiras, mentiras, mentiras!». Porque una fiesta hace las cosas o mucho más reales, o mucho menos reales, pensó ella; vio en un instante hasta el fondo del corazón de Robert Haydon; vio a través de todo. Vio la verdad. Esto era verdad, este salón, este yo, y lo otro era falso. El pequeño cuarto de trabajo de Miss Milan era en realidad terriblemente caluroso, sofocante, sórdido. Olía a ropa y a col cocida; y sin embargo, cuando Miss Milan le puso el espejo en la mano y se miró con el vestido puesto, acabado, una dicha extraordinaria le atravesó el corazón. Inundada de luz, brotó a la existencia. Despojada de preocupaciones y arrugas, lo que había soñado de sí misma estaba allí: una mujer hermosa. Sólo por un segundo (no se había atrevido a mirar más tiempo, Miss Milan quería saber sobre el largo de la falda), allí la miraba, enmarcada en la caoba que se desplomaba, una muchacha blanca grisácea, misteriosamente sonriente, encantadora, el núcleo de sí misma, el alma de sí misma; y no era sólo la vanidad, no sólo el amor propio lo que la hacía pensar que era buena, tierna y verdadera. Miss Milan dijo que la falda no podía ser más larga; si acaso la falda, dijo Miss Milan —frunciendo la frente, considerando con todo su ingenio—, debía ser más corta; y ella se sintió, de repente, sinceramente, llena de amor por Miss Milan, mucho, mucho más cariñosa con Miss Milan que con nadie en el mundo entero, y podría haber llorado de lástima por tener que arrastrarse por el suelo con la boca llena de alfileres, y la cara roja y los ojos saltones; que un ser humano hiciera esto por otro, y ella los veía a todos como seres humanos simplemente, y a ella misma yéndose a su fiesta, y Miss Milan tapando la jaula del canario, o dejándole coger una semilla de cáñamo de entre sus labios, y el pensamiento de ello, de este lado de la naturaleza humana y su paciencia y su resistencia y su contentarse con tan miserables, escasos, sórdidos, pequeños placeres le llenaba los ojos de lágrimas.

Y ahora todo se había desvanecido. El vestido, la habitación, el amor, la lástima, el espejo de cristal y la jaula del canario, todo se había desvanecido, y aquí estaba ella, en un rincón del salón de Mrs. Dalloway, sufriendo torturas, despierta de par en par a la realidad.

Pero era todo tan insignificante, era de sangre débil y de mente mezquina preocuparse tanto a su edad con dos hijos, seguir siendo tan absolutamente dependiente de las opiniones de la gente y no tener principios ni convicciones, no ser capaz de decir como los demás: «¡Ahí está Shakespeare! ¡Ahí está la muerte! Todos somos gorgojos en la galleta de un capitán...», o lo que fuera que la gente dijera.

Se miró a sí misma de frente en el espejo; se picoteó el hombro izquierdo; salió a la sala, como si le arrojaran lanzas a su vestido amarillo desde todos los lados. Pero en lugar de parecer feroz o trágica, como lo habría hecho Rose Shaw —Rose se habría parecido a Boadicea—, parecía tonta y cohibida, y gesticulaba como una colegiala y se encorvaba por la habitación, verdaderamente encorvada, como si fuera un mestizo apaleado, y miraba un cuadro, un grabado. ¡Como si una fuera a una fiesta a mirar un cuadro! Todo el mundo sabía por qué lo hacía: era por vergüenza, por humillación.

«Ahora la mosca está en el platillo», se dijo, «justo en el centro, y no puede salir, y la leche», pensó, mirando rígidamente el cuadro, «está pegándose a las alas».

«Es tan anticuado», le dijo a Charles Burt, haciéndole parar (cosa que de por sí odiaba) en su camino para hablar con otra persona.

Quería decir, o intentaba hacerse creer que quería decir, que era el cuadro y no su vestido lo que estaba pasado de moda. Y una palabra de elogio, una palabra de afecto de Charles habría hecho toda la diferencia para ella en aquel momento. Si tan sólo le hubiera dicho: «¡Mabel, estás encantadora esta noche!», le habría cambiado la vida. Pero entonces ella tendría que haber sido sincera y directa. Charles no dijo nada de eso, por supuesto. Él era la malicia misma. Siempre veía a través de una, especialmente si una se sentía particularmente mezquina, mezquina o mentalmente débil.

«¡Mabel tiene un vestido nuevo!», dijo, y la pobre mosca fue absolutamente empujada al centro del platillo. Realmente, a él le gustaría que ella se ahogara, creía ella. No tenía corazón, ni bondad fundamental, sólo un barniz de amabilidad. Miss Milan era mucho más real, mucho más amable. Si sólo se pudiera sentir eso y atenerse a ello, siempre. «¿Por qué?», se preguntó a sí misma —respondiendo a Charles con demasiada pertinacia, dejándole ver que estaba fuera de sí, o «alterada», como él la llamaba («¿Un poco alterada?», dijo él y continuó riéndose de ella con alguna mujer de allí)—, «¿por qué?», se preguntó, «¿no puedo sentir siempre una cosa, sentirme completamente segura de que Miss Milan tiene razón y Charles está equivocado y atenerme a ello, sentirme segura sobre el canario y la piedad y el amor y no ser azotada por todos lados en un segundo al entrar en una habitación llena de gente?». Era de nuevo su carácter odioso, débil y vacilante, siempre cediendo en el momento crítico y sin interesarse seriamente por la conchología, la etimología, la botánica, la arqueología, cortando patatas y viendo cómo fructifican como Mary Dennis, como Violet Searle.

Entonces Mrs. Holman, al verla allí de pie, se abalanzó sobre ella. Por supuesto, una cosa como un vestido estaba más allá de la atención de Mrs. Holman, con su familia siempre dando tumbos por las escaleras o teniendo la escarlatina. ¿Podría decirle Mabel si Elmthorpe se alquilaba en algún momento entre agosto y septiembre? ¡Oh, era una conversación que la aburría indeciblemente...! La ponía furiosa que la trataran como a un agente inmobiliario o a un mensajero, para servirse de ella. No tener valor, eso era, pensó, tratando de captar algo duro, algo real, mientras intentaba responder sensatamente sobre el cuarto de baño y la orientación sur y el agua caliente hasta el piso superior de la casa; y todo el tiempo podía ver trocitos de su vestido amarillo en el espejo redondo que los hacía todos del tamaño de botones de bota o renacuajos; y era asombroso pensar cuánta humillación y agonía y autodesprecio y esfuerzo y apasionados altibajos de sentimientos estaban contenidos en una cosa del tamaño de un trocito de tres peniques. Y lo que era aún más extraño, esta cosa, esta Mabel Waring, estaba separada, totalmente desconectada; y aunque Mrs. Holman (el botón negro) se inclinaba hacia delante y le contaba cómo su hijo mayor se había esforzado corriendo, podía verla a ella también, totalmente separada en el espejo, y era imposible que el punto negro, inclinado hacia delante, gesticulando, hiciera que el punto amarillo, sentado solitario, egocéntrico, sintiera lo que sentía el punto negro, aunque lo fingían.

«Es tan imposible mantener a los muchachos quietos», era el tipo de cosas que se decían.

Y Mrs. Holman, que nunca obtenía suficiente compasión y arrebataba lo poco que había con avidez, como si fuera su derecho (pero se merecía mucho más porque allí estaba su hijita que había bajado esta mañana con la articulación de la rodilla hinchada), cogió esta miserable ofrenda y la miró con desconfianza, de mala gana, como si fuera medio penique cuando debería haber sido una libra y la guardó en su monedero, debía aguantarse, por mezquina y avara que fuera, los tiempos eran duros, muy duros; y siguió, chirriando, hiriendo a Mrs. Holman, sobre la niña de las articulaciones hinchadas. Ah, era trágica esta avaricia, este clamor de seres humanos, como una hilera de cormoranes, aullando y batiendo las alas en busca de simpatía; era trágica, ¡si una hubiera podido sentirla y no sólo fingir sentirla!

Pero esta noche, en su vestido amarillo, no podía exprimir ni una gota más; lo quería todo, todo para ella. Sabía (seguía mirando el espejo, sumergiéndose en aquel estanque azul terriblemente llamativo) que estaba condenada, despreciada, abandonada así en un remanso, por ser como era una criatura débil y vacilante; y le parecía que el vestido amarillo era una penitencia que se había merecido, y si hubiera estado vestida como Rose Shaw, de un verde precioso y pegajoso con un volante de plumón de cisne, se lo habría merecido; y pensó que no había escapatoria para ella, ninguna en absoluto. Pero, después de todo, no era del todo culpa suya. Era ser parte de una familia de diez; nunca tener dinero suficiente, siempre escatimando y recortando; y su madre cargando grandes latas, y el linóleo desgastado en los bordes de la escalera, y una pequeña y sórdida tragedia doméstica tras otra —nada catastrófico, la granja de ovejas fracasando, pero no del todo; su hermano mayor casándose por debajo de su clase, pero no mucho— no había romance, nada extremo en todas ellas. Ellos se extinguían respetablemente en los balnearios; en cada lugar de recreo había una de sus tías incluso ahora durmiendo en algún alojamiento con las ventanas delanteras no del todo orientadas hacia el mar. Así eran ellos: siempre tenían que entrecerrar los ojos. Y ella había hecho lo mismo; era igual que sus tías. A pesar de todos sus sueños de vivir en la India, casada con algún héroe como Sir Henry Lawrence, algún constructor de imperios (todavía la visión de un nativo con turbante la llenaba de romanticismo), había fracasado rotundamente. Se había casado con Hubert, con su trabajo seguro y permanente de subalterno en el Palacio de Justicia, y se las arreglaban tolerablemente en una casa pequeña, sin criadas adecuadas, y hachís cuando ella estaba sola o sólo pan y mantequilla, pero de vez en cuando —Mrs. Holman estaba fuera, la consideraba la ramita más seca y antipática que había conocido, absurdamente vestida, además, y le contaba a todo el mundo sobre el fantástico aspecto de Mabel—, de vez en cuando, pensaba Mabel Waring, que se había quedado sola en el sofá azul, golpeando el cojín para parecer ocupada, pues no quería reunirse con Charles Burt y Rose Shaw, que parloteaban como urracas y tal vez se reían de ella junto a la chimenea; de vez en cuando, le llegaban momentos deliciosos, leyendo la otra noche en la cama, por ejemplo, o junto al mar, en la arena, al sol, en Pascua —dejémosla recordarlo—, un gran mechón de pálida hierba arenosa que se erguía toda retorcida como un choque de lanzas contra el cielo, que era azul como un liso huevo de porcelana, tan firme, tan duro, y luego la melodía de las olas —«Calla, calla», decían, y los gritos de los niños remando—, sí, fue un momento divino, y allí estaba ella, se sentía, en la mano de la Diosa que era el mundo; más bien una Diosa de corazón duro, pero muy hermosa, un corderito depositado en el altar (una pensaba estas tonterías, y no importaba mientras nunca las dijera). Y también con Hubert tenía a veces, de forma bastante inesperada —cortando el cordero para la comida del domingo, sin motivo alguno, abriendo una carta, entrando en una habitación— momentos divinos, en los que se decía a sí misma (pues nunca se lo diría a nadie más): «Esto es. Esto ha sucedido. ¡Esto es!». Y lo contrario era igualmente sorprendente, es decir, cuando todo estaba dispuesto —la música, el tiempo, las vacaciones, todos los motivos para la felicidad estaban ahí—, entonces no ocurría nada en absoluto. Una no era feliz. Todo era plano, simplemente plano, eso era todo.

Su desdichado yo de nuevo, ¡sin duda! Siempre había sido una madre intranquila, débil e insatisfactoria, una esposa tambaleante, que holgazaneaba en una especie de existencia crepuscular sin nada muy claro ni muy audaz, ni más una cosa que otra, como todos sus hermanos y hermanas, excepto quizá Herbert: todos eran las mismas pobres criaturas con venas de agua que no hacían nada. Entonces, en medio de esta vida rastrera y reptante, de repente se encontraba en la cresta de una ola. Aquella desgraciada mosca —¿dónde había leído la historia que seguía viniendo a su mente sobre la mosca y el platillo?— luchaba. Sí, ella tenía esos momentos. Pero ahora que tenía cuarenta años, podrían presentarse cada vez más raramente. Poco a poco dejaría de luchar. ¡Pero eso era deplorable! ¡Eso no debía soportarse! ¡Eso la hacía sentirse avergonzada de sí misma!

Mañana iría a la Biblioteca de Londres. Encontraría algún libro maravilloso, útil, asombroso, por casualidad, un libro de un clérigo, de un americano del que nadie había oído hablar; o caminaría por Strand y se dejaría llevar, accidentalmente, a una sala donde un minero estuviera contando la vida en el pozo, y de repente se convertiría en una persona nueva. Se transformaría por completo. Llevaría uniforme; la llamarían Hermana Alguien; nunca más volvería a pensar en la ropa. Y para siempre tendría perfectamente claro todo sobre Charles Burt y Miss Milan y esta habitación y aquella otra; y sería siempre, día tras día, como si estuviera tumbada al sol o trinchando el cordero. ¡Sería así!

Así que se levantó del sofá azul, y el botón amarillo del espejo se levantó también, y agitó la mano hacia Charles y Rose para demostrarles que no dependía de ellos ni un ápice, y el botón amarillo salió del espejo, y todas las lanzas se recogieron en su pecho mientras caminaba hacia Mrs. Dalloway y decía «Buenas noches».

«Pero es muy temprano para irse», dijo Mrs. Dalloway, siempre tan encantadora.

«Me temo que debo hacerlo», dijo Mabel Waring. «Pero», añadió con su voz débil y tambaleante que sólo sonaba ridícula cuando intentaba fortalecerla, «he disfrutado enormemente».

«He disfrutado», le dijo a Mr. Dalloway, con quien se encontró en la escalera.

«¡Mentiras, mentiras, mentiras!», se dijo bajando las escaleras, y

«¡Justo en el platillo!», se dijo mientras agradecía a Mrs. Barnet que la hubiera ayudado y se envolvía, dando vueltas y más vueltas, en la capa china que había llevado estos últimos veinte años.

EL DIA DE CAZA

Entró y puso su maleta en el estante, y el par de faisanes encima.
Luego se sentó en un rincón. El tren traqueteaba por las Midlands, y la
niebla, que entró cuando ella abrió la puerta, pareció agrandar el vagón
y separar a los cuatro viajeros. Obviamente, M. M. —esas eran las iniciales en la maleta— se había quedado el fin de semana con un grupo de
cazadores. Obviamente, porque ella estaba contando la historia ahora,
recostada en su rincón. No cerró los ojos. Pero era evidente que no veía
al hombre de enfrente, ni la fotografía coloreada de York Minster. Debió
de oír, también, lo que habían estado diciendo. Porque mientras miraba, sus labios se movían; de vez en cuando sonreía. Y era guapa; una
rosa arrepollada; una manzana rojiza; leonada; pero con cicatrices en
la mandíbula; la cicatriz se alargaba cuando sonreía. Puesto que estaba contando la historia, debía de haber sido una invitada allí, y sin embargo, vestida como estaba fuera de la moda como vestían las mujeres,
años atrás, en las fotos, en los periódicos deportivos, no parecía exactamente una invitada, ni tampoco una criada. Si hubiera llevado una
cesta, habría sido la mujer que cría fox terriers; la dueña del gato sia-
més; alguien relacionado con sabuesos y caballos. Pero sólo llevaba una
maleta y los faisanes. De algún modo, por tanto, debió de abrirse paso
hasta la habitación que estaba viendo a través del relleno del carruaje,
y la cabeza calva del hombre, y el cuadro de York Minster. Y debió de escuchar lo que decían, porque ahora, como quien imita el ruido que hace
otra persona, hizo un pequeño chasquido en el fondo de su garganta.
«Chk». Luego sonrió.

«Chk», dijo Miss Antonia, pellizcándose las gafas en la nariz. Las hojas húmedas caían por las largas ventanas de la galería; una o dos se
quedaban cerradas, con forma de pez, y yacían como incrustaciones
de madera marrón sobre los cristales. Entonces los árboles del parque
temblaron, y las hojas, agitándose hacia abajo, parecieron hacer visible
el escalofrío: el húmedo escalofrío marrón.

«Chk». Miss Antonia olfateó de nuevo y picoteó el endeble material
blanco que sostenía en sus manos, como una gallina picotea nerviosa y
rápidamente un trozo de pan blanco.

El viento suspiraba. La habitación tenía corrientes de aire. Las puertas no encajaban, ni las ventanas. De vez en cuando una ondulación,
como un reptil, corría bajo la alfombra. Sobre la alfombra había paneles
verdes y amarillos, donde descansaba el sol, y entonces el sol se movió

y señaló con un dedo, como burlándose, un agujero en la alfombra y se detuvo. Y luego siguió avanzando, el dedo débil pero imparcial del sol, y se posó sobre el escudo de armas que había sobre la chimenea, suavemente iluminado: el escudo, las uvas colgantes, la sirena y las lanzas. Miss Antonia levantó la vista cuando la luz se fortaleció. Vastas tierras, según decían, habían poseído los ancianos —sus antepasados—, los Rashleigh. Allá. Arriba las Amazonas. Saqueadores. Viajeros. Sacos de esmeraldas. Merodeando por la isla. Tomando cautivos. Doncellas. Allí estaba ella, toda escamas desde la cola hasta la cintura. Miss Antonia sonrió. Bajó el dedo del sol y su ojo se fue con él. Ahora se posaba en un marco de plata; en una fotografía; en una calva con forma de huevo, en un labio que sobresalía bajo el bigote; y el nombre «Edward» escrito con floritura debajo.

«El Rey...», murmuró Miss Antonia, volviendo la película de blanco sobre su rodilla... «tenía el Salón Azul», añadió con una sacudida de cabeza cuando la luz se desvaneció.

Fuera, en la Cabalgata del Rey, los faisanes estaban siendo pasados sobre las narices de las armas. Brotaban del sotobosque como pesados cohetes, cohetes de color púrpura rojizo, y mientras se elevaban las armas chasqueaban en orden, ansiosas, agudas, como si una hilera de perros hubiera ladrado de repente. Penachos de humo blanco se mantuvieron juntos durante un momento; luego se resolvieron suavemente, se desvanecieron y se dispersaron.

En el camino hacia lo profundo cortado bajo el hangar, había un carro, ya tendido con cuerpos blandos y calientes, con las garras inertes y los ojos aún lustrosos. Las aves parecían vivas aún, pero desmayadas bajo sus ricas plumas húmedas. Parecían relajadas y cómodas, agitándose ligeramente, como si durmieran sobre un cálido banco de suaves plumas en el suelo del carro.

Entonces el escudero, con la cara manchada de verdugo, con las polainas raídas, maldijo y levantó su pistola.

Miss Antonia siguió cosiendo. De vez en cuando, una lengua de llama rodeaba el tronco gris que se extendía de una barra a otra por la rejilla, lo devoraba con avidez y luego se apagaba, dejando un brazalete blanco donde se había comido la corteza. Miss Antonia levantó la vista un momento, miró con los ojos muy abiertos, instintivamente, como un perro mira una llama. Luego la llama se apagó y ella volvió a coser.

Entonces, silenciosamente, la puerta enormemente alta se abrió. Dos hombres delgados entraron y colocaron una mesa sobre el agujero de la alfombra. Salieron; entraron. Pusieron un paño sobre la mesa. Salieron;

entraron. Trajeron una cesta de paño verde con cuchillos y tenedores; y vasos; y azucareros; y saleros; y pan; y un jarrón de plata con tres crisantemos dentro. Y la mesa estaba puesta. Miss Antonia siguió cosiendo.

De nuevo se abrió la puerta, esta vez empujada débilmente. Un perrito entró trotando, un spaniel husmeando ágilmente; se detuvo. La puerta permaneció abierta. Y entonces, apoyándose en su bastón, pesadamente, entró la vieja Miss Rashleigh. Un chal blanco, abrochado con diamantes, nublaba su calvicie. Cojeó; cruzó la habitación; se encorvó en la silla de respaldo alto junto a la chimenea. Miss Antonia siguió cosiendo.

«Disparando», dijo al fin.

La vieja Miss Rashleigh asintió. Agarró su bastón. Se sentaron a esperar.

Los tiradores se habían trasladado ahora de la Cabalgata del Rey al Bosque del Hogar. Estaban de pie en el campo arado púrpura del exterior. De vez en cuando se rompía una ramita; las hojas se arremolinaban. Pero por encima de la niebla y el humo había una isla de azul —azul tenue, azul puro— sola en el cielo. Y en el aire inocente, como si vagara sola como un querubín, una campana de un campanario muy oculto retozaba, jugueteaba y luego se desvanecía. Entonces volvieron a dispararse los cohetes, los faisanes de color púrpura rojizo. Subieron y subieron. De nuevo ladraron las armas; las bolas de humo se formaron; se soltaron, se dispersaron. Y los atareados perritos corrieron ágilmente por los campos; y los cuerpos húmedos y calientes, todavía lánguidos y blandos, como en un desmayo, fueron agrupados por los hombres con polainas y arrojados al carro.

«¡Allí!», gruñó Milly Masters, el ama de llaves, tirando al suelo sus gafas. Ella también estaba cosiendo en la pequeña y oscura habitación que daba al patio del establo. El jersey, el jersey de lana áspera, para su hijo, el chico que limpiaba la Iglesia, estaba terminado. «¡Se acabó!», murmuró. Entonces oyó el carro. Las ruedas rechinaban sobre los adoquines. Se levantó. Con las manos en el pelo, su pelo de color castaño, se quedó de pie en el patio, al viento.

«¡Ya voy!», rió, y la cicatriz de su mejilla se alargó. Descerrajó la puerta de la sala de juegos mientras Wing, el guarda, conducía el carro sobre los adoquines. Los pájaros estaban muertos ahora, con las garras apretadas, aunque no agarraban nada. Los correosos párpados se arrugaban grisáceos sobre sus ojos. Mrs. Masters, el ama de llaves, Wing, el guarda, cogieron del cuello los manojos de pájaros muertos y los arrojaron sobre el suelo de pizarra de la despensa de caza. El suelo de pizarra se embadurnó y manchó de sangre. Los faisanes parecían ahora más pequeños, como si sus cuerpos se hubieran encogido. Entonces Wing levantó la cola del carro y clavó los pasadores que la sujetaban. Los lados del carro estaban atascados de pequeñas plumas de color gris azulado, y el suelo estaba embadurnado y manchado de sangre. Pero estaba vacío.

«¡El último del lote!», Milly Masters sonrió mientras el carro se alejaba.

«El almuerzo está servido, señora», dijo el mayordomo. Señaló la mesa; dirigió al lacayo. El plato con la tapa de plata fue colocado precisamente allí donde él señalaba. Esperaron, el mayordomo y el lacayo.

Miss Antonia depositó su película blanca sobre la cesta; guardó su seda; su dedal; clavó su aguja en un trozo de franela; y colgó sus gafas en un gancho sobre su pecho. Luego se levantó.

«¡A comer!», ladró al oído de la vieja Miss Rashleigh. Un segundo después, la vieja Miss Rashleigh estiró la pierna; agarró su bastón; y se levantó también. Ambas ancianas avanzaron lentamente hacia la mesa; y fueron acomodadas por el mayordomo y el lacayo, una en este extremo, otra en aquel. Se retiró la cubierta de plata. Y allí estaba el faisán, sin plumas, reluciente; los muslos bien apretados contra su costado; y pequeños montones de migas de pan se amontonaban en cada extremo.

Miss Antonia pasó el cuchillo de trinchar por la pechuga del faisán con firmeza. Cortó dos rodajas y las puso en un plato. Hábilmente, el lacayo se lo arrebató y la vieja Miss Rashleigh levantó el cuchillo. Sonaron disparos en el bosque bajo la ventana.

«¿Están llegando?», dijo la vieja Miss Rashleigh, suspendiendo su tenedor.

Las ramas ondeaban y se agitaban en los árboles del parque.

Tomó un bocado de faisán. Las hojas que caían sacudían el cristal de la ventana; una o dos se pegaron al vidrio.

«El Bosque del Hogar, ahora», dijo Miss Antonia. «Hugh lo perdió». «Cazando». Ella pasó su cuchillo por el otro lado de la pechuga. Añadió patatas y salsa, coles de Bruselas y salsa de pan metódicamente en un círculo alrededor de las rebanadas en su plato. El mayordomo y el lacayo se quedaron mirando, como camareros en un festín. Las ancianas comieron tranquilamente; en silencio; no se apresuraron; metódicamente limpiaron el ave. Sólo quedaron huesos en sus platos. Entonces el mayordomo acercó la jarra a Miss Antonia y se detuvo un momento con la cabeza inclinada.

«Aquí, Griffiths», dijo Miss Antonia, y cogiendo la carcasa entre sus dedos se la arrojó al spaniel que estaba debajo de la mesa. El mayordomo y el lacayo hicieron una reverencia y salieron.

«Se acercan», dijo Miss Rashleigh, escuchando. El viento se levantaba. Un temblor marrón sacudía el aire; las hojas volaban demasiado deprisa para pegarse. Los cristales traqueteaban en las ventanas.

«Pájaros salvajes», asintió Miss Antonia, observando el desorden.

La vieja Miss Rashleigh llenó su vaso. Mientras sorbían, sus ojos se volvieron lustrosos como piedras semipreciosas sostenidas a la luz. Azules pizarra eran los de Miss Rashleigh; los de Miss Antonia, rojos, como el oporto. Y sus encajes y sus volantes parecían temblar, como si sus cuerpos estuvieran cálidos y lánguidos bajo sus plumas mientras bebían.

«Fue un día como hoy, ¿lo recuerdas?», dijo la vieja Miss Rashleigh, acariciando su vaso. «Lo trajeron a casa... una bala le atravesó el corazón. Una zarza, eso dijeron. Tropezó. Se pilló el pie...». Se rió mientras daba un sorbo a su vino.

«Y John...», dijo Miss Antonia. «La yegua, dijeron, metió la pata en un agujero. Murió en el campo. La caza le pasó por encima. Volvió a casa, también, en un postigo... Sorbieron de nuevo.

«¿Recuerdas a Lily?», dijo la vieja Miss Rashleigh. «Una mala». Sacudió la cabeza. «Cabalgaba con una borla escarlata en su bastón...».

«¡Podrida en el corazón!», gritó Miss Antonia.

«Recuerdas la carta del Coronel. Tu hijo cabalgó como si llevara veinte diablos dentro... cargó a la cabeza de sus hombres. Entonces un diablo blanco... ¡ah, ah!». Sorbió de nuevo.

«Los hombres de nuestra casa», comenzó Miss Rashleigh. Levantó su copa. La sostuvo en alto, como si brindara por la sirena esculpida en yeso sobre la chimenea. Hizo una pausa. Las armas ladraban. Algo crujió en la carpintería. ¿O era una rata corriendo detrás del yeso?

«Siempre mujeres...». MIss Antonia asintió. «Los hombres de nuestra casa. Lucy rosa y blanca en el Molino, ¿te acuerdas?».

«La hija de Ellen en La cabra y la hoz», añadió Miss Rashleigh.

«Y la chica de la sastrería», murmuró Miss Antonia, «donde Hugh compró sus pantalones de montar, la pequeña tienda oscura de la derecha...».

«...que solía inundarse cada invierno. Es su hijo», rió Miss Antonia, inclinándose hacia su hermana, «el que limpia la Iglesia».

Se oyó un estruendo. Una pizarra había caído por la chimenea. El gran tronco se había partido en dos. Copos de yeso cayeron del escudo sobre la chimenea.

«Se está cayendo», se rió la vieja Miss Rashleigh. «Cayendo».

«¿Y quién», dijo Miss Antonia, mirando los copos sobre la alfombra, «quién va a pagar?».

Cacareando como bebés viejos, indiferentes, imprudentes, se rieron; cruzaron hasta la chimenea, y sorbieron el jerez junto a las cenizas de madera y el yeso, hasta que cada copa contuvo sólo una gota de vino, de color púrpura rojizo, en el fondo. Y las viejas no querían desprenderse de esto, según parecía; pues acariciaban las copas con los dedos, mientras estaban sentadas una junto a la otra, junto a las cenizas; pero nunca se las llevaban a los labios.

«Milly Masters en la despensa», empezó la vieja Miss Rashleigh. «Ella es de nuestro hermano...».

Un disparo ladró bajo la ventana. Cortó la cuerda que sujetaba la lluvia. Caía a cántaros, en barras rectas que azotaban las ventanas. La luz se desvaneció de la alfombra. La luz se desvaneció también en sus ojos, mientras escuchaban sentadas junto a las cenizas blancas. Sus ojos se volvieron como guijarros, sacados del agua; piedras grises apagadas y secas. Y sus manos se aferraron a sus manos como las garras de pájaros muertos que se aferran a la nada. Y se arrugaron como si los cuerpos dentro de las ropas se hubieran encogido.

Entonces Miss Antonia alzó su copa hacia la sirena. Era la última gota; se la bebió. «¡Ya voy!», graznó, y bajó la copa de un manotazo. Una puerta sonó abajo. Luego otra. Luego otra. Se oían pies que pisoteaban, arrastrando los pies, por el pasillo hacia la galería.

«¡Más cerca! ¡Más cerca!», sonrió Miss Rashleigh, enseñando sus tres dientes amarillos.

La puerta inmensamente alta se abrió de golpe. Entraron corriendo tres grandes sabuesos y se quedaron jadeando. Luego entró, encorvado, el propio Escudero con unas polainas raídas. Los perros se apretujaron a su alrededor, sacudiendo la cabeza, husmeando en sus bolsillos. Luego saltaron hacia delante. Olieron la carne. El suelo de la galería ondeaba como un bosque azotado por el viento con las colas y lomos de los grandes sabuesos buscadores. Hurgaron en la mesa. Palpaban el mantel. Luego, con un relincho salvaje, se lanzaron sobre el pequeño spaniel amarillo que estaba royendo el cadáver bajo la mesa.

«¡Malditos sean, malditos sean!», aulló el Escudero. Pero su voz era débil, como si gritara contra el viento. «¡Maldita seas tú, maldita seas tú!», gritó, maldiciendo ahora a sus hermanas.

Miss Antonia y Miss Rashleigh se pusieron en pie. Los grandes perros se habían apoderado del spaniel. Lo inquietaron, lo mutilaron con sus grandes dientes amarillos. El Escudero balanceó una azuela de cuero anudada de un lado a otro, maldiciendo a los perros, maldiciendo a sus hermanas, con esa voz que sonaba tan fuerte y a la vez tan débil. Con un latigazo hizo caer al suelo el jarrón de crisantemos. Otro alcanzó a la vieja Miss Rashleigh en la mejilla. La anciana se tambaleó hacia atrás. Cayó contra la repisa de la chimenea. Su bastón, golpeando salvajemente, chocó contra el escudo que había sobre la chimenea. Cayó con un ruido sordo sobre las cenizas. El escudo de los Rashleighs se desprendió de la pared. Bajo la sirena, bajo las lanzas, yacía enterrada.

El viento azotó los cristales; se oyeron disparos en el parque y cayó un árbol. Y entonces el Rey Eduardo, en el marco de plata, se deslizó, se desplomó y cayó también.

La niebla gris se había espesado en el vagón. Colgaba como un velo; parecía poner a los cuatro viajeros de las esquinas a gran distancia unos de otros, aunque en realidad estaban tan cerca como un vagón de ferrocarril de tercera clase podía hacerlo. El efecto era extraño. La mujer guapa, aunque anciana, bien vestida, aunque bastante desaliñada, que había subido al tren en alguna estación de las Midlands, parecía haber perdido su forma. Su cuerpo se había vuelto todo bruma. Sólo sus ojos brillaban, cambiaban, vivían por sí mismos, así parecía; ojos sin cuerpo; ojos que veían algo invisible. En el aire brumoso brillaban, se movían, de modo que en la atmósfera sepulcral —las ventanas estaban borrosas, las lámparas aureoladas por la niebla— eran como luces danzantes, voluntad de los sabios que se mueven, dice la gente, sobre las tumbas de los durmientes intranquilos en los patios de las iglesias. ¿Una idea absurda? ¡Mera fantasía! Sin embargo, después de todo, puesto que no hay nada que no deje algún residuo, y la memoria es una luz que baila en la mente cuando la realidad está enterrada, ¿por qué no habrían de ser los ojos allí, brillantes, en movimiento, el fantasma de una familia, de una época, de una civilización bailando sobre la tumba?

El tren redujo la velocidad. Las lámparas se pararon. Se desplomaron. Se levantaron de nuevo mientras el tren se deslizaba hacia la estación. Las luces ardían. ¿Y los ojos de la esquina? Estaban cerrados. Quizá la luz era demasiado fuerte. Y por supuesto, bajo el resplandor de las luces de la estación, era evidente que se trataba de una mujer corriente, bastante mayor, que viajaba a Londres por un asunto corriente, algo relacionado con un gato, un caballo o un perro. Buscó su maletín, se levantó y cogió los faisanes del estante. Pero, mientras abría la puerta del carruaje y bajaba, ¿murmuró «Chk., Chk.» al pasar?

Estaban casados. Sonó la marcha nupcial. Las palomas revolotearon. Pequeños niños con chaquetas de Eton arrojaron arroz; un fox terrier se paseó por el sendero; y Ernest Thorburn condujo a su novia al coche a través de esa pequeña multitud inquisitiva de completos desconocidos que siempre se reúne en Londres para disfrutar de la felicidad o infelicidad ajenas. Ciertamente, él parecía guapo y ella tímida. Más arroz fue arrojado y el coche se puso en marcha.

Eso fue el martes. Ahora era sábado. Rosalind aún tenía que acostumbrarse al hecho de que era la Señora de Ernest Thorburn. Quizá nunca se acostumbraría al hecho de que era la Señora de Ernest Fulano, pensó, mientras estaba sentada en la ventana de arco del hotel mirando por encima del lago hacia las montañas, y esperaba a que su marido bajara a desayunar. Ernest era un nombre al que resultaba difícil acostumbrarse. No era el nombre que ella hubiera elegido. Hubiera preferido Timothy, Antony o Peter. Tampoco parecía un Ernest. El nombre le sugería el Albert Memorial, aparadores de caoba, grabados en acero del Príncipe Consorte con su familia, el comedor de su suegra en Porchester Terrace en definitiva.

Pero aquí estaba. Menos mal que no parecía un Ernest... no. ¿Pero, qué aspecto tenía? Le miró de reojo. Bueno, cuando estaba comiendo tostadas parecía un conejo. No es que cualquier otra persona hubiera visto un parecido con una criatura tan diminuta y tímida en este joven acicalado y musculoso de nariz recta, ojos azules y boca muy firme. Pero eso lo hacía aún más divertido. Su nariz se retorcía muy ligeramente cuando comía. También lo hacía la de su conejo. Ella no dejaba de observar cómo se le retorcía la nariz; y luego tuvo que explicarle, cuando él la sorprendió mirándolo, por qué se reía.

«Es porque eres como un conejo, Ernest», dijo ella. «Como un conejo salvaje», añadió, mirándole. «Un conejo de caza; un Conejo Rey; un conejo que hace leyes para todos los demás conejos».

Ernest no tenía inconveniente en ser ese tipo de conejo, y como a ella le divertía verle retorcer la nariz —nunca había sabido que su nariz se retorcía—, la torció a propósito. Y ella se rió y se rió; y él también se rió, de modo que las doncellas y el pescador y el camarero suizo con su grasienta chaqueta negra acertaron; estaban muy contentos. Pero, ¿cuánto dura esa felicidad? se preguntaron; y cada uno respondió según sus propias circunstancias.

A la hora de comer, sentados en una mata de brezo junto al lago, «¿Lechuga, conejo?», dijo Rosalind, tendiéndole la lechuga que le habían proporcionado para comer con los huevos duros. «Ven y cógela de mi mano», añadió, y él se estiró y mordisqueó la lechuga retorciendo la nariz.

«Buen conejo, bonito conejo», le dijo, acariciándole, como solía hacer con su conejo domesticado en casa. Pero eso era absurdo. No era un conejo domesticado, fuera lo que fuera. Ella lo convirtió al francés. «Lapin», le llamó. Pero fuera lo que fuera, no era un conejo francés. Era simple y llanamente inglés, nacido en Porchester Terrace, educado en Rugby; ahora empleado en la Administración Pública de Su Majestad. Así que probó con «Bunny» a continuación; pero eso fue peor. «Bunny» era alguien regordete y suave y cómico; él era delgado y duro y serio. Aun así, se le retorcía la nariz. «Lappin», exclamó de repente; y dio un gritito como si hubiera encontrado la palabra que buscaba.

«Lappin, Lappin, el Rey Lappin», repitió. Parecía sentarle como anillo al dedo; no era Ernest, era el Rey Lappin. ¿Por qué? Ella no podía decirlo.

Cuando no había nada nuevo de qué hablar en sus largos paseos solitarios —y llovía, como todo el mundo les había advertido que llovería—; o cuando estaban sentados junto al fuego por la noche, porque hacía frío, y las doncellas se habían ido y el pescador se había ido, y el camarero sólo venía si tocaba la campanilla para llamarlo, ella dejaba que su fantasía jugara con la historia de la tribu Lappin. Bajo sus manos —ella cosía; él leía— se volvieron muy reales, muy vívidos, muy divertidos. Ernest dejó el periódico y la ayudó. Estaban los conejos negros y los rojos; estaban los conejos enemigos y los amigos. Estaba el bosque en el que vivían y las praderas periféricas y el pantano. Sobre todo estaba el Rey Lappin, que, lejos de tener un único truco —que retorcía la nariz—, se convirtió con el paso de los días en un animal del mayor carácter; Rosalind siempre encontraba nuevas cualidades en él. Pero sobre todo era un gran cazador.

«¿Y qué», dijo Rosalind, el último día de la luna de miel, «hizo el Rey hoy?».

De hecho habían estado escalando todo el día; y ella se había hecho una ampolla en el talón; pero ella no quería decir eso.

«Hoy», dijo Ernest, retorciendo la nariz mientras mordía la punta de su puro, «él persiguió a una liebre». Hizo una pausa; encendió una cerilla y volvió a retorcer la nariz.

«Una mujer liebre», añadió.

«¡Una liebre blanca!», exclamó Rosalind, como si lo hubiera estado esperando. «¿Más bien una liebre pequeña, gris plateada, con grandes ojos brillantes?».

«Sí», dijo Ernest, mirándola como ella le había mirado a él, «un pequeño animal; con los ojos saliéndole de la cabeza, y dos patitas delanteras colgando». Era exactamente como estaba sentada, con la costura colgando de las manos; y sus ojos, que eran tan grandes y brillantes, eran ciertamente un poco prominentes.

«Ah, Lapinova», murmuró Rosalind.

«¿Así es como se llama?», dijo Ernest, «¿la verdadera Rosalind?». Él la miró. Se sentía muy enamorado de ella.

«Sí; así es como se llama», dijo Rosalind. «Lapinova». Y antes de que se fueran a la cama esa noche todo estaba resuelto. Él era el Rey Lappin; ella, la Reina Lapinova. Eran lo opuesto el uno del otro; él era audaz y decidido; ella recelosa y confiaba poco. Él gobernaba el ajetreado mundo de los conejos; el mundo de ella era un lugar desolado y misterioso, que ella recorría sobre todo a la luz de la luna. No obstante, sus territorios se tocaban; eran Rey y Reina.

Así, cuando regresaron de su luna de miel poseían un mundo privado, habitado, salvo por la única liebre blanca, enteramente por conejos. Nadie se imaginaba que existiera un lugar así, y eso, por supuesto, lo hacía aún más divertido. Les hacía sentirse, incluso más que a la mayoría de los matrimonios jóvenes, aliados contra el resto del mundo. A menudo se miraban socarronamente cuando la gente hablaba de conejos y bosques y trampas y caza. O se guiñaban furtivamente el ojo a través de la mesa cuando la tía Mary decía que nunca soportaría ver una liebre en un plato... se parecía tanto a un bebé, o cuando John, el hermano deportista de Ernest, les contaba el precio que alcanzaban los conejos ese otoño en Wiltshire, con pieles y todo. A veces, cuando querían un guarda para la caza, un cazador furtivo o un Señor de la Mansión, se entretenían repartiendo los papeles entre sus amigos. La madre de Ernest, la Señora de Reginald Thorburn, por ejemplo, encajaba a la perfección en el papel de Escudero. Pero todo era secreto, de eso se trataba; nadie, salvo ellos mismos, sabía que existía tal mundo.

Sin aquel mundo, ¿cómo, se preguntaba Rosalind, habría podido vivir aquel invierno? Por ejemplo, estaba la fiesta de las bodas de oro, cuando todos los Thorburn se reunieron en Porchester Terrace para celebrar el quincuagésimo aniversario de aquella unión que había sido tan bendita —¿acaso no había dado a luz a Ernest Thorburn? y tan fructífera— ¿acaso no había dado a luz a otros nueve hijos e hijas, muchos de ellos casados y también fructíferos? Ella temía esa fiesta. Pero era inevitable.

Mientras subía las escaleras sintió amargamente que era hija única y huérfana además; una mera gota entre todos aquellos Thorburn reunidos en el gran salón con el brillante papel pintado de raso y los lustrosos retratos familiares. Los Thorburn vivos se parecían mucho a los pintados; salvo que en lugar de labios pintados tenían labios de verdad, de los que salían chistes; chistes sobre aulas escolares y cómo habían sacado la silla de debajo de la institutriz; chistes sobre ranas y cómo las habían metido entre las sábanas vírgenes de las doncellas. En cuanto a ella misma, ni siquiera había hecho nunca una cama de pastel de manzana. Sosteniendo su regalo en la mano avanzó hacia su suegra suntuosa en satén amarillo, y hacia su suegro decorado con un rico clavel amarillo. A su alrededor, sobre mesas y sillas, había tributos de oro, algunos acomodados entre algodones; otros ramificándose resplandecientes: candelabros; cajas de puros; cadenas; cada uno estampado con la prueba del orfebre de que era de oro macizo, con la marca del salón, auténtico. Pero su regalo no era más que una cajita de pellizco agujereada; un viejo lanzador de arena, una reliquia del siglo XVIII, que en su día se utilizó para espolvorear arena sobre la tinta húmeda. Más bien un regalo sin sentido, le pareció, en una época de papel secante; y al ofrecérselo, vio frente a ella la letra negra y rechoncha con la que su suegra, cuando se habían comprometido, había expresado la esperanza de que «mi hijo te hará feliz». No, ella no era feliz. Para nada feliz. Miró a Ernest, recto como una baqueta con una nariz como todas las narices de los retratos familiares; una nariz que nunca se movía en absoluto.

Luego fueron a cenar. Estaba medio oculta por los grandes crisantemos que enroscaban sus pétalos rojos y dorados en grandes bolas apretadas. Todo era dorado. Una tarjeta de bordes dorados con iniciales de oro entrelazadas recitaba la lista de todos los platos que se pondrían uno tras otro ante ellos. Mojó su cuchara en un plato de líquido dorado transparente. La cruda niebla blanca del exterior había sido convertida por las lámparas en una malla dorada que difuminaba los bordes de los platos y daba a las piñas una rugosa piel dorada. Sólo ella misma con su vestido de novia blanco mirando hacia delante con sus prominentes ojos parecía insoluble como un carámbano.

Sin embargo, a medida que avanzaba la cena, la habitación se empañaba de calor. Gotas de sudor resaltaban en las frentes de los hombres. Ella sintió que su carámbano se convertía en agua. Estaba siendo derretida; dispersada; disuelta en la nada; y pronto se desmayaría. Entonces, a través de la oleada en su cabeza y el estruendo en sus oídos, oyó una voz de mujer que exclamaba: «¡Pero si se reproducen así!».

Los Thorburn... sí; así se reproducen, repitió ella; mirando todas las redondas caras rojas que parecían dobladas por el vértigo que la invadía; y magnificadas en la bruma dorada que las realzaba. «Así se reproducen». Entonces John berreó:

«¡Diablillos!... ¡Dispárenles! ¡Salten sobre ellos con botas grandes! Esa es la única manera de lidiar con ellos... ¡conejos!».

Al oír esa palabra, esa palabra mágica, revivió. Asomándose entre los crisantemos vio cómo la nariz de Ernest se retorcía. Ondulaba, corría con sucesivas sacudidas. Y en ese momento una misteriosa catástrofe se abatió sobre los Thorburn. La mesa dorada se convirtió en un páramo con las aliagas en plena floración; el estruendo de las voces se convirtió en un tañido de risas de alondra que resonaba desde el cielo. Era un cielo azul; las nubes pasaban lentamente. Y todos habían cambiado: los Thorburn. Miró a su suegro, un hombrecillo furtivo con bigotes teñidos. Su manía era coleccionar cosas: sellos, cajas de esmalte, bagatelas de tocadores del siglo XVIII que ocultaba a su mujer en los cajones de su estudio. Ahora ella lo veía como era: un cazador furtivo, que se escabullía con su abrigo abarrotado de faisanes y perdices para dejarlos caer sigilosamente en una olla de tres patas en su humeante casita. Ése era su verdadero suegro: un cazador furtivo. Y Celia, la hija soltera, que siempre husmeaba los secretos de los demás, las pequeñas cosas que deseaban ocultar, era un hurón blanco de ojos rosados y nariz coagulada de tierra por sus horribles narices y agujeros subterráneos. Encaramada a los hombros de los hombres, en una red, y metida en un agujero: era una vida lamentable la de Celia; no era culpa suya. Entonces vio a Celia. Y luego miró a su suegra, a quien apodaban el Escudero. Ruborizada, tosca, bravucona, todo eso era ella, mientras devolvía las gracias, pero ahora que Rosalind —es decir, Lapinova— la veía, veía detrás de ella la decadente mansión familiar, el yeso desprendiéndose de las paredes, y la oía, con un sollozo en la voz, dando gracias a sus hijos (que la odiaban) por un mundo que había dejado de existir. Se hizo un silencio repentino. Todos permanecieron de pie con las copas alzadas; todos bebieron; luego todo terminó.

«¡Oh, Rey Lappin!», gritó ella mientras volvían juntos a casa entre la niebla, «¡si tu nariz no se hubiera retorcido justo en ese momento, me habría quedado atrapada!».

«Pero estás a salvo», dijo el Rey Lappin, apretándole la pata.

«Totalmente a salvo», respondió ella.

Y condujeron de vuelta a través del Parque, Rey y Reina del pantano, de la niebla y del páramo perfumado de aliagas.

Así pasó el tiempo; un año; dos años de tiempo. Y una noche de invierno, que casualmente era el aniversario de la fiesta de bodas de oro —pero la Señora de Reginald Thorburn había muerto; la casa estaba en alquiler; y sólo había un conserje en la residencia—, Ernest volvió a casa desde la oficina. Tenían una bonita casita; lindaba con otra casa encima de una talabartería en South Kensington, no lejos de la estación del subterráneo. Hacía frío, con niebla en el aire, y Rosalind estaba sentada junto al fuego, cosiendo.

«¿Qué crees que me ha pasado hoy?», empezó a decir ella en cuanto él se hubo acomodado con las piernas estiradas hacia la hoguera. «Estaba cruzando el arroyo cuando...».

«¿Qué arroyo?», la interrumpió Ernest.

«El arroyo del fondo, donde nuestro bosque se encuentra con el bosque negro», explicó.

Ernest se quedó completamente en blanco por un momento.

«¿De qué demonios estás hablando?», preguntó.

«¡Mi querido Ernest!», gritó consternada. «Rey Lappin», añadió, colgando sus patitas delanteras a la luz del fuego. Pero su nariz no se torció. Sus manos —se convirtieron en manos— aferraron las cosas que sostenía; los ojos se le salieron de las órbitas. Él tardó cinco minutos por lo menos en cambiar de Ernest Thorburn a Rey Lappin; y mientras ella esperaba sintió una carga en la nuca, como si alguien estuviera a punto de retorcérsela. Por fin él cambió a Rey Lappin; su nariz se retorció; y pasaron la tarde vagando por el bosque como de costumbre.

Pero ella durmió mal. En mitad de la noche se despertó, sintiendo como si algo extraño le hubiera ocurrido. Estaba rígida y tenía frío. Por fin encendió la luz y miró a Ernest tumbado a su lado. Estaba profundamente dormido. Roncaba. Pero aunque roncaba, su nariz permanecía perfectamente inmóvil. Parecía como si nunca se hubiera movido. ¿Era posible que él fuera realmente Ernest; y que ella estuviera realmente casada con Ernest? Una visión del comedor de su suegra se presentó ante ella; y allí estaban sentados, ella y Ernest, envejecidos, bajo los grabados, frente al aparador... Era el día de sus bodas de oro. Ella no podía soportarlo.

«¡Lappin, Rey Lappin!», susurró ella, y por un momento su nariz pareció retorcerse por sí sola. Pero él seguía durmiendo. «¡Despierta, Lappin, despierta!», gritó ella.

Ernest se despertó, y al verla sentada como una poseída a su lado le preguntó:

«¿Qué ocurre?».

«¡Creía que mi conejo estaba muerto!», gimoteó. Ernest estaba enfadado.

«No digas esas tonterías, Rosalind», le dijo. «Túmbate y duérmete».

Se dio la vuelta. Al siguiente instante él estaba profundamente dormido y roncando.

Pero ella no podía dormir. Yacía acurrucada en su lado de la cama, como una liebre manteniendo su forma. Había apagado la luz, pero la farola iluminaba tenuemente el techo, y los árboles del exterior formaban una red de encaje sobre ella como si hubiera una arboleda sombría en el techo por la que vagaba, girando, retorciéndose, entrando y saliendo, dando vueltas y vueltas, cazando, siendo cazada, oyendo el aullido de los sabuesos y los cuernos; volando, escapando... hasta que la criada abrió las persianas y les trajo el té de la mañana.

Al día siguiente no pudo ocuparse de nada. Parecía haber perdido algo. Sentía como si su cuerpo se hubiera encogido; se había vuelto pequeño, y negro y duro. Sus articulaciones también parecían rígidas, y cuando miraba el espejo, cosa que hizo varias veces mientras deambulaba por el piso, sus ojos parecían salírsele de la cabeza, como grosellas en un bollo. Las habitaciones también parecían haber encogido. Grandes muebles sobresalían en ángulos extraños y ella se encontraba golpeándose contra ellos. Por fin se puso el sombrero y salió. Caminó por Cromwell Road; y cada habitación que atravesaba y a la que echaba un vistazo parecía ser un comedor donde la gente se sentaba a comer bajo grabados de acero, con gruesas cortinas de encaje amarillo y aparadores de caoba. Por fin llegó al Museo de Historia Natural; solía gustarle cuando era niña. Pero lo primero que vio al entrar fue una liebre disecada, de pie sobre nieve batida, con ojos de cristal rosa. De algún modo le produjo escalofríos por todo el cuerpo. Tal vez estaría mejor cuando llegara el crepúsculo. Volvió a casa y se sentó junto al fuego, sin luz, e intentó imaginar que estaba sola en un páramo; y que corría un arroyo; y más allá del arroyo un bosque oscuro. Pero no pudo ir más allá del arroyo. Por fin se acuclilló en la orilla, sobre la hierba húmeda, y se sentó agachada en su silla, con las manos colgando vacías y los ojos vidriosos, como ojos de cristal, a la luz del fuego. Entonces se oyó el chasquido de un arma... Se sobresaltó como si le hubieran disparado. Era sólo Ernest, girando su llave en la puerta. Ella esperó, temblando. Él entró y encendió la luz. Allí estaba él, alto, apuesto, frotándose las manos enrojecidas por el frío.

«¿Sentada en la oscuridad?», dijo.

«¡Oh, Ernest, Ernest!», gritó ella, incorporándose en su silla.

«Bueno, ¿qué pasa ahora?», preguntó él enérgicamente, calentándose las manos junto al fuego.

«Es Lapinova...», titubeó ella, mirándole salvajemente con sus grandes ojos sobresaltados. «Se ha ido, Ernest. ¡La he perdido!».

Ernest frunció el ceño. Apretó los labios con fuerza. «Ah, eso es lo que pasa, ¿no?», dijo, sonriendo con bastante desgana a su mujer. Durante diez segundos permaneció allí de pie, en silencio; y ella esperó, sintiendo manos que le apretaban la nuca.

«Sí», dijo él al final. «Pobre Lapinova...». Se arregló la corbata ante el espejo que había sobre la repisa de la chimenea.

«Atrapada en una trampa», dijo él, «asesinada», y se sentó a leer el periódico.

Así que ese fue el final de ese matrimonio.

Lo único que se movía en el vasto semicírculo de la playa era una pequeña mancha negra. A medida que se acercaba a las costillas y la espina dorsal de la embarcación sardinera varada, se hizo evidente, por un cierto matiz en su negrura, que esta mancha poseía cuatro patas; y momento tras momento se hizo más inconfundible que estaba compuesta por las personas de dos hombres jóvenes. Incluso así, perfilados contra la arena, había en ellos una vitalidad inconfundible; un vigor indescriptible en la aproximación y retirada de los cuerpos, por leve que fuera, que proclamaba algún argumento violento que salía de las diminutas bocas de las cabecitas redondas. Esto fue corroborado al verlo más de cerca por los repetidos embates de un bastón en el lado derecho. «Pretendes decirme... Realmente crees...», así parecía afirmar el bastón del lado derecho junto a las olas mientras cortaba largas rayas rectas sobre la arena.

«¡Maldita sea la política!», salió claramente del cuerpo del lado izquierdo y, a medida que se pronunciaban estas palabras, las bocas, narices, barbillas, pequeños bigotes, gorras de tweed, botas ásperas, abrigos de caza y medias a cuadros de los dos oradores se hacían cada vez más nítidos; el humo de sus pipas se elevaba en el aire; nada era tan sólido, tan vivo, tan duro, rojo, hirsuto y viril como estos dos cuerpos en millas y millas de mar y monte bajo.

Se arrojaron al suelo por las seis costillas y la espina dorsal del negro barco sardinero. Ya sabes cómo parece que el cuerpo se libera de una discusión y se disculpa por un estado de exaltación; arrojándose al suelo y expresando en la soltura de su actitud una disposición a emprender algo nuevo, sea lo que sea lo que se le presente. Así que Charles, cuyo bastón había estado acuchillando la playa durante media milla más o menos, empezó a rozar trozos planos de pizarra sobre el agua; y John, que había exclamado «¡Maldita sea la política!», empezó a hundir los dedos abajo, abajo, en la arena. A medida que su mano iba más y más allá de la muñeca, de modo que tenía que arremangarse un poco más arriba, sus ojos perdían intensidad, o más bien desaparecía el trasfondo de pensamiento y experiencia que da una profundidad inescrutable a los ojos de la gente adulta, dejando sólo la clara superficie transparente, que no expresa más que asombro, que muestran los ojos de los niños pequeños. Sin duda, el acto de excavar en la arena tenía algo que ver con ello. Recordó que, tras cavar un poco, el agua rezuma alrededor de las yemas de los dedos; el agujero se convierte entonces en un foso; un pozo; un manantial; un canal secreto hacia el mar. Mientras elegía en cuál de estas cosas convertirlo, aún trabajando con los dedos en el agua, estos se enroscaron alrededor de algo duro —una gota llena de materia sólida— y poco a poco desprendieron un gran bulto irregular y lo sacaron a la superficie. Al quitarle la capa de arena, apareció un tinte verde. Era un trozo de vidrio, tan grueso que era casi opaco; el alisado del mar había desgastado por completo cualquier borde o forma, de modo que era imposible decir si había sido botella, vaso o cristal de ventana; no era más que vidrio; era casi una piedra preciosa. Sólo había que encerrarlo en un borde de oro, o perforarlo con un alambre, y se convertía en una joya; parte de un collar, o una luz apagada y verde sobre un dedo. Tal vez, después de todo, fuera realmente una gema; algo que llevaba una princesa oscura arrastrando el dedo por el agua mientras estaba sentada en la popa de la barca y escuchaba cantar a los esclavos que la llevaban a remo a través de la bahía. O los costados de roble de un cofre isabelino hundido se habían partido y, rodando una y otra vez, una y otra vez, sus esmeraldas habían llegado por fin a la orilla. John lo giró entre sus manos; lo sostuvo a la luz; lo sostuvo de modo que su masa irregular borró el cuerpo y el brazo derecho extendido de su amigo. El verde se adelgazaba y espesaba ligeramente al sostenerlo contra el cielo o contra el cuerpo. Le agradaba; le desconcertaba; era un objeto tan duro, tan concentrado, tan definido en comparación con el vago mar y la brumosa orilla.

Ahora le molestó un suspiro... profundo, definitivo, que le hizo saber que su amigo Charles había tirado todas las piedras planas que tenía a su alcance, o había llegado a la conclusión de que no valía la pena tirarlas. Comieron sus bocadillos uno al lado del otro. Cuando terminaron, se sacudieron y se pusieron en pie, John cogió el trozo de cristal y lo miró en silencio. Charles también lo miró. Pero enseguida vio que no era plano, y llenando su pipa dijo con la energía que desecha una tontería de pensamiento

«para volver a lo que estaba diciendo...».

No vio, o si lo hubiera visto apenas se habría dado cuenta, que John, después de mirar el bulto durante un momento, como si dudara, lo deslizó dentro de su bolsillo. Ese impulso, también, podría haber sido el que lleva a un niño a recoger un guijarro en un camino sembrado de ellos, prometiéndole una vida de calor y seguridad sobre la repisa de la habitación infantil, deleitándose en la sensación de poder y benignidad que tal acción confiere, y creyendo que el corazón de la piedra salta de alegría cuando se ve elegida entre un millón como ella, para disfrutar de esta dicha en lugar de una vida de frío y humedad en el camino elevado. «¡Podría haber sido tan fácilmente cualquier otra de los millones de piedras, pero fui yo, yo, yo!».

Tanto si este pensamiento estaba en la mente de John como si no, el trozo de cristal tenía su lugar sobre la repisa de la chimenea, donde se erguía pesado sobre un pequeño montón de billetes y cartas y servía no sólo como un excelente pisapapeles, sino también como un lugar de descanso natural para los ojos del joven cuando se desviaban de su libro. Mirado una y otra vez medio conscientemente por una mente que piensa en otra cosa, cualquier objeto se mezcla tan profundamente con la materia del pensamiento que pierde su forma real y se recompone un poco diferente en una forma ideal que ronda el cerebro cuando menos lo esperamos. Así, John se sentía atraído por los escaparates de las tiendas de curiosidades cuando salía a pasear, simplemente porque veía algo que le recordaba al trozo de cristal. Cualquier cosa, con tal de que fuera un objeto de algún tipo, más o menos redondo, tal vez con una llama moribunda profundamente hundida en su masa, cualquier cosa —porcelana, cristal, ámbar, roca, mármol—, incluso el liso huevo ovalado de un ave prehistórica, le valía. También acostumbraba a mantener la vista fija en el suelo, sobre todo en las proximidades de los terrenos baldíos donde se arroja la basura doméstica. Allí se encontraban a menudo objetos de este tipo: tirados, sin utilidad para nadie, sin forma, desechados. En pocos meses había reunido cuatro o cinco ejemplares que ocuparon su lugar sobre la repisa de la chimenea. También eran útiles, ya que un hombre que se presenta al Parlamento al borde de una brillante carrera tiene cualquier cantidad de papeles que mantener en orden —panfletos para los electores, declaraciones de política, llamamientos a suscripciones, invitaciones a cenar, etc.—.

Un día, saliendo de sus habitaciones en Temple para coger un tren con el fin de dirigirse a sus electores, sus ojos se posaron en un objeto notable que yacía semioculto en uno de esos pequeños bordes de hierba que bordean las bases de vastos edificios legales. Sólo pudo tocarlo con la punta de su bastón a través de la barandilla, pero pudo ver que se trataba de una pieza de porcelana de la forma más notable, tan parecida a una estrella de mar como nada podía hacerlo —con forma, o rota accidentalmente, en cinco puntas, irregulares pero inconfundibles—. El color era principalmente azul, pero franjas verdes o manchas de algún tipo recubrían el azul, y líneas de carmesí le daban una riqueza y un brillo de lo más atractivo. John estaba decidido a poseerlo pero cuanto más empujaba, más retrocedía el objeto. Al final se vio obligado a volver a sus aposentos e improvisar un aro de alambre sujeto al extremo de un bastón, con el que, a fuerza de mucho cuidado y habilidad, puso por fin la pieza de porcelana al alcance de sus manos. Al agarrarla exclamó en triunfo. En ese momento sonó la hora. Era imposible que acudiera a tiempo a su cita. La reunión se celebraría sin él. Pero, ¿cómo se había roto la pieza de porcelana hasta adquirir esa forma tan extraordinaria? Un examen minucioso puso fuera de toda duda que la forma de estrella era accidental, lo que la hacía aún más extraña, y parecía improbable que existiera otra igual. Colocada en el extremo opuesto de la repisa de la chimenea con respecto al trozo de cristal que había sido desenterrado de la arena, parecía una criatura de otro mundo —fenómeno y fantástico como un arlequín—. Parecía hacer piruetas por el espacio, titilando a la luz como una estrella caprichosa. El contraste entre la porcelana tan viva y alerta y el cristal tan mudo y contemplativo, le fascinó, y maravillado y asombrado se preguntó cómo habían llegado a existir los dos objetos en el mismo mundo, y mucho más a estar sobre la misma estrecha franja de mármol en la misma habitación. La pregunta quedó sin respuesta.

Ahora empezó a rondar por los lugares más prolíficos en porcelana rota, como los terrenos baldíos entre las vías del tren, los solares de casas derruidas y las zonas comunes de los alrededores de Londres. Pero la porcelana rara vez se tira desde una gran altura; es una de las acciones humanas más raras. Hay que encontrar en conjunción una casa muy alta y una mujer de impulsos tan temerarios y prejuicios tan apasionados que lance su jarra o su fuente directamente desde la ventana sin pensar en quién está debajo. La vajilla rota se encontraba en abundancia, pero rota en algún insignificante accidente doméstico, sin propósito ni carácter. Sin embargo, a menudo se asombraba —a medida que profundizaba en la cuestión— de la inmensa variedad de formas que podían encontrarse sólo en Londres, y aún había más motivos de asombro y especulación en las diferencias de calidades y diseños. Los ejemplares más finos los traía a casa y los colocaba sobre su repisa de la chimenea, donde, sin embargo, su función era cada vez más de carácter ornamental, ya que los papeles que necesitaban un peso para mantenerse en su lugar eran cada vez más escasos.

Tal vez descuidó sus obligaciones o las cumplió distraídamente, o sus electores, cuando le visitaron, quedaron desfavorablemente impresionados por el aspecto de la repisa de su chimenea. En cualquier caso, no fue elegido para representarlos en el Parlamento, y su amigo Charles, tomándoselo muy a pecho y apresurándose a condolerse con él, lo encontró tan poco abatido por el desastre que sólo pudo suponer que era un asunto demasiado serio para que lo asumiera en una sola vez.

En realidad, John había estado ese día en Barnes Common, y allí, bajo un arbusto de tojo, había encontrado un trozo de hierro muy notable. Era casi idéntico al cristal en su forma, macizo y globular, pero tan frío y pesado, tan negro y metálico, que evidentemente era ajeno a la tierra y tenía su origen en una de las estrellas muertas o era él mismo la ceniza de una luna. Pesaba en el bolsillo; pesaba en la repisa de la chimenea; irradiaba frío. Y sin embargo, el meteorito estaba en la misma repisa que el trozo de cristal y la porcelana en forma de estrella.

A medida que sus ojos pasaban de uno a otro, la determinación de poseer objetos que incluso superasen a estos atormentaba al joven. Se dedicó cada vez más resueltamente a la búsqueda. Si no hubiera estado consumido por la ambición y convencido de que algún día algún montón de basura recién descubierto le recompensaría, las decepciones sufridas, por no hablar de la fatiga y el escarnio, le habrían hecho abandonar la búsqueda. Provisto de una bolsa y un palo largo con un gancho adaptable, saqueó todos los depósitos de tierra; rastrilló bajo marañas enredadas de matorrales; buscó en todos los callejones y espacios entre muros donde había aprendido a esperar encontrar objetos de este tipo tirados. A medida que su nivel de exigencia se hacía más alto y su gusto más severo las decepciones fueron innumerables, pero siempre le atraía algún destello de esperanza, alguna pieza de porcelana o cristal curiosamente marcada o rota. Pasaban los días. Ya no era joven. Su carrera —es decir, su carrera política— era cosa del pasado. La gente renunció a visitarle. Era demasiado silencioso para que mereciera la pena invitarle a cenar. Nunca hablaba con nadie de sus verdaderas ambiciones; su falta de comprensión era evidente en su comportamiento.

Ahora se recostó en su silla y observó cómo Charles levantaba una docena de veces las piedras de la repisa de la chimenea y las bajaba enfáticamente para marcar lo que decía sobre la conducta del Gobierno, sin percatarse ni una sola vez de su existencia.

«¿Cuál es la verdad, John?», preguntó Charles de repente, girándose y encarándole. «¿Qué te hizo renunciar así, en un segundo?».

«No he renunciado», respondió John.

«Pero ahora no tienes ni el fantasma de una oportunidad», dijo Charles bruscamente.

«En eso no estoy de acuerdo contigo», dijo John con convicción. Charles le miró y se sintió profundamente inquieto; las dudas más extraordinarias se apoderaron de él; tenía la extraña sensación de que estaban hablando de cosas diferentes. Miró a su alrededor en busca de algún alivio para su horrible depresión, pero el aspecto desordenado de la habitación le deprimió aún más. ¿Qué hacían aquel palo y la vieja bolsa de alfombra colgada contra la pared? ¿Y aquellas piedras? Al mirar a John, algo fijo y distante en su expresión le alarmó. Sabía demasiado bien que su mera aparición en un escenario estaba descartada.

«Bonitas piedras», dijo tan alegremente como pudo; y diciendo que tenía una cita que cumplir, dejó a John... para siempre.

LA DAMA EN EL ESPEJO

Una reflexión

La gente no debería dejar espejos colgados en sus habitaciones, igual que no debería dejar talonarios de cheques abiertos o cartas confesando algún crimen espantoso. Una no podía evitar mirar, aquella tarde de verano, en el largo cristal que colgaba fuera, en el vestíbulo. El azar lo había dispuesto así. Desde el fondo del sofá del salón, una podía ver reflejado en el cristal italiano no sólo la mesa de mármol de enfrente, sino una extensión del jardín más allá. Se podía ver un largo camino de hierba que discurría entre bancos de flores altas hasta que, cercenando un ángulo, el borde dorado lo cortaba.

La casa estaba vacía, y una se sentía, puesto que era la única persona en el salón, como una de esos naturalistas que, cubiertos de hierba y hojas, yacen observando a los animales más tímidos —tejones, nutrias, martines pescadores— que se mueven libremente, ellos mismos invisibles. La habitación de aquella tarde estaba llena de criaturas tan tímidas, luces y sombras, cortinas que se agitaban, pétalos que caían... cosas que nunca ocurren, según parece, si alguien está mirando. La vieja y tranquila habitación de campo, con sus alfombras y sus chimeneas de piedra, sus estanterías hundidas y sus armarios lacados en rojo y oro, estaba llena de esas criaturas nocturnas. Venían haciendo piruetas por el suelo, pisando delicadamente con los pies elevados y las colas desplegadas y picoteando alusivos picos como si hubieran sido grullas o bandadas de elegantes flamencos cuyo rosa estaba desvaído, o pavos reales cuyas colas estaban veladas de plata. Y también había rubores ofuscados y oscurecimientos, como si de repente una sepia hubiera teñido el aire de púrpura; y la habitación tenía sus pasiones y rabias y envidias y penas que la invadían y enturbiaban, como a un ser humano. Nada permanecía igual durante dos segundos seguidos.

Pero, fuera, el espejo reflejaba la mesa del vestíbulo, los girasoles, el sendero del jardín con tanta precisión y tan fijamente que parecían sostenidos allí en su realidad de forma ineludible. Era un extraño contraste: todo cambio aquí, todo quietud allí. Una no podía evitar mirar de uno a otro. Mientras tanto, como todas las puertas y ventanas estaban abiertas por el calor, se oía un suspiro perpetuo y un sonido que cesaba, la voz de lo pasajero y lo que perecía, parecía, que iba y venía como el aliento humano, mientras que en el espejo las cosas habían dejado de respirar y yacían inmóviles en el trance de la inmortalidad.

Hacía media hora que la dueña de la casa, Isabella Tyson, había bajado por el sendero de hierba con su fino vestido de verano, llevando una cesta, y había desaparecido, cortada por el borde dorado del espejo. Había ido presumiblemente al jardín inferior a coger flores; o como parecía más natural suponer, a coger algo ligero y fantástico y frondoso y colgante, alegría de los viajeros, o una de esas elegantes matas de convolvulus que se enroscan alrededor de feas paredes y estallan aquí y allá en flores blancas y violetas. Sugería el fantástico y trémulo convólvulo más que el erguido áster, la almidonada zinnia, o sus propias rosas ardientes encendidas como lámparas en los rectos postes de sus rosales. La comparación demostraba lo poco que, después de tantos años, se sabía de ella; pues es imposible que una mujer de carne y hueso de cincuenta y cinco o sesenta años sea realmente una corona o un zarcillo. Tales comparaciones son peor que ociosas y superficiales; son incluso crueles, pues se interponen como el propio convólvulo temblando entre los ojos de una y la verdad. Debe haber verdad; debe haber un muro. Sin embargo, era extraño que después de conocerla todos estos años una no pudiera decir cuál era la verdad sobre Isabella; una seguía inventándose frases como esta sobre el convólvulo y la alegría de los viajeros. En cuanto a los hechos, era un hecho que era solterona; que era rica; que había comprado esta casa y coleccionado con sus propias manos —a menudo en los rincones más oscuros del mundo y corriendo grandes riesgos de picaduras venenosas y enfermedades orientales— las alfombras, las sillas, los armarios que ahora vivían su vida nocturna ante los ojos de una. A veces parecía como si supieran más de ella de lo que a nosotros, que nos sentábamos en ellos, escribíamos en ellos y los pisábamos con tanto esmero, se nos permitía saber. En cada uno de estos armarios había muchos cajoncitos, y casi con toda seguridad cada uno de ellos contenía cartas, atadas con lazos de cinta, espolvoreadas con ramitas de lavanda u hojas de rosa. Porque era otro hecho —si hechos eran lo que una quería— que Isabella había conocido a mucha gente, había tenido muchos amigos; y así, si una tenía la audacia de abrir un cajón y leer sus cartas, encontraría las huellas de muchas agitaciones, de citas para verse, de reproches por no haberse visto, largas cartas de intimidad y afecto, violentas cartas de celos y reproches, terribles palabras finales de despedida, pues todas aquellas entrevistas y citas no habían conducido a nada, es decir, ella nunca se había casado y, sin embargo, a juzgar por la indiferencia enmascarada de su rostro, había pasado por veinte veces más de pasión y experiencia que aquellos cuyos amores se pregonan a los cuatro vientos. Bajo la tensión de pensar en Isabella, su habitación se volvió más sombría y simbólica; las esquinas parecían más oscuras, las patas de las sillas y las mesas más enjutas y jeroglíficas.

De repente, estas reflexiones terminaron violentamente, pero sin emitir sonido alguno. Una gran forma negra se asomó al espejo; lo borró todo, esparció por la mesa un paquete de tablillas de mármol veteadas de rosa y gris, y desapareció. Pero el cuadro estaba totalmente alterado. Por el momento era irreconocible e irracional y estaba totalmente desenfocado. No se podían relacionar estas tablillas con ningún propósito humano. Y entonces, poco a poco, algún proceso lógico se puso a trabajar en ellas y comenzó a ordenarlas y a ordenarlas y a traerlas al redil de la experiencia común. Una se daba cuenta al fin de que no eran más que cartas. El hombre había traído el correo.

Allí yacían sobre la mesa de mármol, todas goteando luz y color al principio y toscas e inabsorbibles. Y luego era extraño ver cómo eran atraídas y ordenadas y compuestas y se las convertía en parte del cuadro y se les concedía esa quietud e inmortalidad que confería el espejo. Yacían allí investidas de una nueva realidad y significado y también de una mayor pesadez, como si hubiera hecho falta un cincel para desprenderlas de la mesa. Y, fuera capricho o no, parecían haberse convertido no sólo en un puñado de cartas casuales, sino en tablillas grabadas con la verdad eterna... si una pudiera leerlas, sabría todo lo que había que saber sobre Isabella, sí, y también sobre la vida. Las páginas del interior de aquellos sobres de aspecto marmóreo debían de estar cortadas profundamente y marcadas con un grueso significado. Isabella entraba, y las cogía, una a una, muy despacio, y las abría, y las leía detenidamente palabra por palabra, y luego con un profundo suspiro de comprensión, como si hubiera llegado al fondo de todo, rompía los sobres en pedacitos y ataba las cartas juntas y cerraba el cajón del armario con llave en su determinación de ocultar lo que no deseaba que se supiera.

El pensamiento le sirvió de desafío. Isabella no deseaba ser conocida... pero ya no debía escapar. Era absurdo, era monstruoso. Si ella ocultaba tanto y sabía tanto, una debía abrirla con la primera herramienta que tuviera a mano: la imaginación. Una debe fijar su mente en ella en ese preciso momento. Una debe fijarla allí abajo. Una debe negarse a seguir postergándola con dichos y hechos como los que el momento propiciaba, con cenas y visitas y conversaciones educadas. Uno debía ponerse en sus zapatos. Si se tomaba la frase al pie de la letra, era fácil ver los zapatos en los que estaba ella, abajo, en el jardín inferior, en ese momento. Eran muy estrechos y largos y a la moda; estaban hechos del cuero más suave y flexible. Como todo lo que llevaba, eran exquisitos. Y estaría de pie bajo el alto seto de la parte baja del jardín, levantando las tijeras que llevaba atadas a la cintura para cortar alguna flor muerta, alguna rama demasiado crecida. El sol le daba en la cara, en los ojos; pero no, en el momento crítico un velo de nubes cubría el sol, haciendo dudosa la expresión de sus ojos... ¿burlona o tierna, brillante o apagada? Sólo se podía ver el contorno indeterminado de su rostro, más bien descolorido y fino, mirando al cielo. Estaba pensando, tal vez, que debía encargar una red nueva para las fresas; que debía enviar flores a la viuda de Johnson; que ya era hora de que fuera a ver a los Hippesley en su nueva casa. Ésas eran las cosas de las que hablaba durante la cena, ciertamente. Pero una estaba cansada de las cosas de las que hablaba en la cena. Era su estado más profundo del ser lo que una quería captar y convertir en palabras, el estado que es para la mente lo que la respiración es para el cuerpo, lo que una llama felicidad o infelicidad. Al mencionar esas palabras se hizo evidente, sin duda, que ella debía ser feliz. Era rica; era distinguida; tenía muchos amigos; viajaba... compraba alfombras en Turquía y vasijas azules en Persia. Avenidas de placer irradiaban en esta dirección y en aquella otra desde donde ella estaba con las tijeras levantadas para cortar las ramas temblorosas mientras las nubes de encaje velaban su rostro.

Aquí, con un rápido movimiento de sus tijeras, cortó el rocío de alegría de los viajeros y este cayó al suelo. Al caer, seguramente también entró algo de luz, seguramente pudo penetrar un poco más en su ser. Su mente se llenó entonces de ternura y pesar... Cortar una rama crecida la entristecía porque una vez había vivido, y la vida le era querida. Sí, y al mismo tiempo la caída de la rama le sugeriría cómo ella misma debía morir y toda la futilidad y evanescencia de las cosas. Y entonces, de nuevo, recogiendo rápidamente este pensamiento, con su buen sentido instantáneo, pensó que la vida la había tratado bien; incluso si debía caer, era para yacer en la tierra y moldearse dulcemente en las raíces de las violetas. Así que se quedó pensando. Sin precisar ningún pensamiento —pues era una de esas personas reticentes cuyas mentes mantienen sus pensamientos enredados en nubes de silencio— se llenó de pensamientos. Su mente era como su habitación, en la que las luces avanzaban y retrocedían, hacían piruetas y pisaban con delicadeza, desplegaban sus colas, picoteaban a su paso; y entonces todo su ser se impregnaba, como la habitación lo hacía nuevamente, de una nube de algún conocimiento profundo, de algún pesar tácito, y entonces estaba llena de cajones cerrados, atiborrados de cartas, como sus armarios. Hablar de «abrirla» como si fuera una ostra, utilizar en ella cualquier cosa que no fueran las herramientas más finas, sutiles y flexibles, era impío y absurdo. Había que imaginársela... ahí estaba ella en el espejo. La hizo sobresaltarse a una.

Al principio estaba tan lejos que no se la podía ver con claridad. Venía demorándose y deteniéndose, aquí enderezando una rosa, allá levantando una rosa rosa para olerla, pero nunca se detenía; y todo el tiempo se hacía más y más grande en el espejo, más y más completamente la persona en cuya mente una había estado tratando de penetrar. Una la verificaba por grados... encajaba las cualidades que había descubierto en este cuerpo visible. Allí estaban su vestido verde grisáceo y sus zapatos largos, su cesta y algo que brillaba en su garganta. Llegó tan gradualmente que no parecía alterar el dibujo en el espejo, sino sólo introducir algún elemento nuevo que movía y alteraba suavemente los demás objetos como si les pidiera, cortésmente, que le hicieran sitio. Y las cartas y la mesa y el camino de hierba y los girasoles que habían estado esperando en el espejo se separaron y se abrieron para que ella pudiera ser recibida entre ellos. Por fin allí estaba ella, en el vestíbulo. Se detuvo en seco. Se detuvo junto a la mesa. Se quedó completamente quieta. Al instante, el espejo comenzó a derramar sobre ella una luz que parecía fijarla; que parecía como si un ácido mordiera lo no esencial y superficial y dejara sólo la verdad. Fue un espectáculo cautivador. Todo se desprendió de ella —las nubes, el vestido, la cesta, el diamante—, todo lo que una había llamado la enredadera y el convólvulo. Aquí estaba la dura pared de abajo. Aquí estaba la propia mujer. Estaba desnuda en aquella luz despiadada. Y no había nada. Isabella estaba perfectamente vacía. No tenía pensamientos. No tenía amigos. Nadie le importaba. En cuanto a sus cartas, todas eran facturas. Mira, como estando allí de pie, vieja y angulosa, veteada y alineada, con su nariz alta y su cuello arrugado, ni siquiera se molestaba en abrirlas.

La gente no debe dejar espejos colgados en sus habitaciones.

LA DUQUESA Y EL JOYERO

Oliver Bacon vivía en lo alto de una casa con vistas a Green Park. Tenía un piso; las sillas sobresalían en los ángulos correctos... sillas cubiertas de piel. Los sofás llenaban los vanos de las ventanas... sofás cubiertos de tapicería. Las ventanas, las tres largas ventanas, tenían la apropiada dotación de discreta red y satén con figuras. El aparador de caoba abultaba discretamente con los brandies, whiskys y licores adecuados. Y desde la ventana del medio contemplaba los lustrosos techos de los coches de moda apiñados en las estrechas calles de Piccadilly. No podía imaginarse una posición más céntrica. Y a las ocho de la mañana un criado le traía el desayuno en una bandeja: el criado desplegaba su bata carmesí; rasgaba sus cartas con sus largas uñas puntiagudas y extraía gruesas tarjetas blancas de invitación, en las que el grabado destacaba rugoso, de duquesas, condesas, vizcondesas y Honorables Damas. Después se lavaba; después comía sus tostadas; después leía su periódico junto al brillante fuego ardiente de las brasas eléctricas.

«He aquí a Oliver», decía, dirigiéndose a sí mismo. «Tú que empezaste la vida en un callejón mugriento, tú que...», y miraba sus piernas, tan torneadas en sus pantalones perfectos; sus botas; sus polainas. Todas estaban torneadas, relucientes; cortadas con la mejor tela por las mejores tijeras de Savile Row. Pero a menudo se desmontaba a sí mismo y volvía a ser un niño pequeño en un callejón oscuro. Una vez le había parecido el colmo de su ambición... vender perros robados a las mujeres de moda de Whitechapel. Y una vez lo había conseguido. «¡Oh, Oliver!», se había lamentado su madre. «¡Oh, Oliver! ¿Cuándo entrarás en razón, hijo mío?»... Luego se había puesto detrás de un mostrador; había vendido relojes baratos; luego se había llevado una cartera a Ámsterdam... Ante ese recuerdo se rió... el viejo Oliver recordando al joven. Sí, le había ido bien con los tres diamantes; también estaba la comisión de la esmeralda. Después entró en la habitación privada detrás de la tienda de Hatton Garden; la habitación con las balanzas, la caja fuerte, las gruesas lupas. Y entonces... y entonces... Se rió entre dientes. Cuando pasaba entre los nudos de joyeros en la calurosa tarde que discutían sobre precios, minas de oro, diamantes, informes de Sudáfrica, uno de ellos se ponía un dedo a un lado de la nariz y murmuraba: «Hum-m-m», al pasar. No era más que un murmullo; no más que un codazo en el hombro, un dedo en la nariz, un zumbido que recorría el grupo de joyeros de Hatton Garden en una tarde calurosa... ¡oh, hace ya muchos años!

Pero aún así Oliver lo sintió ronronear por su espina dorsal, el codazo, el murmullo que significaba: «Míralo al joven Oliver, el joven joyero... ahí va». Joven era entonces. Y se vestía cada vez mejor; y tenía, primero un carruaje; luego un automóvil; y primero subía al círculo del teatro, luego bajaba a la platea. Y tenía una villa en Richmond, con vistas al río, con enrejados de rosas rojas; y Mademoiselle solía coger una cada mañana y ponérsela en el ojal.

«Así», dijo Oliver Bacon, levantándose y estirando las piernas. «Así...».

Se paró bajo el retrato de una anciana en la repisa de la chimenea y levantó las manos. «He cumplido mi palabra», dijo, juntando las manos, palma con palma, como si le estuviera rindiendo homenaje. «He ganado mi apuesta». Así fue; era el joyero más rico de Inglaterra; pero su nariz, que era larga y flexible, como la trompa de un elefante, parecía decir por su curioso temblor en las fosas nasales (pero parecía como si toda la nariz temblara, no sólo las fosas nasales) que aún no estaba satisfecho; todavía olía algo bajo tierra un poco más allá. Imagínate un cerdo gigante en una dehesa rica en trufas; después de desenterrar esta trufa y aquella, todavía huele una trufa más grande, más negra, bajo el suelo más allá. Así que Oliver olfateó siempre en la rica tierra de Mayfair otra trufa, una más negra, una más grande más allá.

Ahora se enderezaba la perla de la corbata, se enfundaba en su elegante abrigo azul; cogía sus guantes amarillos y su bastón; y se balanceaba mientras bajaba las escaleras y medio resoplaba, medio suspiraba por su larga y afilada nariz mientras salía a Piccadilly. ¿Acaso no seguía siendo un hombre triste, un hombre insatisfecho, un hombre que busca algo que está oculto, aunque había ganado su apuesta?

Se balanceaba ligeramente al caminar, como el camello del zoo se balancea de lado a lado cuando camina por los senderos de asfalto cargados de tenderos y sus esposas comiendo de bolsas de papel y arrojando trocitos de papel de plata arrugado al sendero. El camello desprecia a los tenderos; el camello está insatisfecho con su suerte; el camello ve el lago azul y la franja de palmeras frente a él. Así que el gran joyero, el mayor joyero del mundo entero, bajó por Piccadilly, perfectamente vestido, con sus guantes, con su bastón; pero insatisfecho aún, hasta que llegó a la oscura tiendecita, que era famosa en Francia, en Alemania, en Austria, en Italia y en toda América... la oscura tiendecita sobre la calle al lado de Bond Street.

Como de costumbre, atravesó la tienda sin hablar, aunque los cuatro hombres, los dos viejos, Marshall y Spencer, y los dos jóvenes, Hammond y Wicks, se mantuvieron erguidos y le miraron, envidiándolo.

Sólo con un dedo del guante color ámbar, agitándose, reconoció su presencia. Y entró y cerró la puerta de su habitación privada tras de sí.

Luego descorrió el cerrojo que atrancaba la ventana. Entraron los gritos de Bond Street; el ronroneo del tráfico lejano. La luz de los reflectores de la parte trasera de la tienda daba hacia arriba. Un árbol agitaba seis hojas verdes, pues era junio. Pero Mademoiselle se había casado con Mr. Pedder, de la cervecería local; ahora nadie le ponía rosas en el ojal.

«Así», medio suspiró, medio resopló, «así...».

Entonces tocó un resorte en la pared y lentamente el revestimiento se deslizó, abriéndose, y detrás estaban las cajas fuertes de acero, cinco, no, seis de ellas, todas de acero bruñido. Hizo girar una llave; abrió una; luego otra. Cada una estaba forrada con una almohadilla de terciopelo carmesí intenso; en cada una yacían joyas: pulseras, collares, anillos, tiaras, coronas ducales; piedras sueltas en conchas de cristal; rubíes, esmeraldas, perlas, diamantes. Todas seguras, brillantes, frías, pero ardiendo, eternamente, con su propia luz comprimida.

«¡Lágrimas!», dijo Oliver, mirando las perlas.

«¡Sangre de corazón!», dijo mirando los rubíes.

«¡Pólvora!», continuó, haciendo sonar los diamantes para que destellaran y ardieran.

«¡Pólvora suficiente para volar Mayfair... alto hasta el cielo, alto, alto!». Echó la cabeza hacia atrás y emitió un sonido parecido al relincho de un caballo mientras lo decía.

El teléfono zumbó servilmente en voz baja sobre su mesa. Cerró la caja fuerte.

«En diez minutos», dijo. «No antes». Y se sentó en su escritorio y miró las cabezas de los emperadores romanos que tenía grabadas en los eslabones de sus mangas. Y de nuevo se desmontó a sí mismo y volvió a ser el niño pequeño que jugaba a las canicas en el callejón donde venden perros robados los domingos. Se convirtió en ese niño astuto y artero, con los labios como cerezas mojadas. Mojaba los dedos en cuerdas de tripa; los sumergía en sartenes de pescado frito; entraba y salía esquivando entre la multitud. Era esbelto, delgado, con ojos como piedras lamidas. Y ahora... ahora... las manecillas del reloj avanzaban, uno dos, tres, cuatro... La Duquesa de Lambourne esperaba su placer; la Duquesa de Lambourne, hija de cien condes. Ella esperaría diez minutos en una silla junto al mostrador. Ella esperaría su placer. Ella esperaría hasta que él estuviera listo para verla. Observó el reloj en su caja de piel de zapa. La manecilla avanzaba. Con cada tictac el reloj le entregaba —así parecía— *pâte de foie gras,* una copa de champán, otra de fino brandy, un puro que costaba una guinea. El reloj los depositaba sobre la mesa a su lado a medida que pasaban los diez minutos. Entonces oyó unos pasos suaves y lentos que se acercaban; un susurro en el pasillo. La puerta se abrió. Mr. Hammond se aplastó contra la pared.

«¡Su Alteza!», anunció.

Y esperó allí, aplastado contra la pared.

Y Oliver, levantándose, pudo oír el susurro del vestido de la Duquesa mientras pasaba por el pasillo. Entonces ella se asomó, llenando la puerta, llenando la habitación con el aroma, el prestigio, la arrogancia, la pompa, el orgullo de todos los duques y duquesas hinchados en una ola. Y como rompe una ola, ella rompió, al sentarse, extendiéndose y salpicando y cayendo sobre Oliver Bacon, el gran joyero, cubriéndole de brillantes y centelleantes colores, verde, rosa, violeta; y olores; e iridiscencias; y rayos que salían disparados de los dedos, que cabeceaban de los penachos, que destellaban de la seda; porque era muy grande, muy gorda, ceñida en tafetán rosa, y había pasado su mejor momento. Como una sombrilla con muchos volantes, como un pavo real con muchas plumas, cierra sus volantes, pliega sus plumas, así se hundió y se encerró ella misma en el sillón de cuero.

«Buenos días, Mr. Bacon», dijo la Duquesa. Y le tendió la mano que entraba por la rendija de su guante blanco. Y Oliver hizo una reverencia al estrecharla. Y mientras sus manos se tocaban, el vínculo se forjó entre ellos una vez más. Eran amigos, y sin embargo enemigos; él era el amo, ella la ama; cada uno engañaba al otro, cada uno necesitaba al otro, cada uno temía al otro, cada uno sentía esto y lo sabía cada vez que se tocaban las manos así en la pequeña habitación trasera con la luz blanca fuera, y el árbol con sus seis hojas, y el sonido de la calle a lo lejos, y detrás de ellos las cajas fuertes.

«Y hoy, Duquesa... ¿qué puedo hacer por usted hoy?», dijo Oliver, muy suavemente.

La Duquesa abrió de par en par su corazón, su corazón privado. Y con un suspiro pero sin palabras sacó de su bolso una larga bolsa de piel lavada... parecía un delgado hurón amarillo. Y de una hendidura en el vientre del hurón dejó caer perlas... diez perlas. Rodaron desde la hendidura del vientre del hurón —una, dos, tres, cuatro— como los huevos de algún pájaro celestial.

«Todo lo que me queda, querido Mr. Bacon», gimió. Cinco, seis, siete... abajo rodaron, por las laderas de las vastas montañas que caían entre sus rodillas en un estrecho valle... la octava, la novena y la décima. Allí yacían en el resplandor del tafetán de flores de melocotón. Diez perlas.

«Del cíngulo de Appleby», se lamentó. «Lo último... lo último de todo».

Oliver se estiró y tomó una de las perlas entre el dedo y el pulgar. Era redonda, lustrosa. Pero, ¿era real o falsa? ¿Estaba mintiendo otra vez? ¿Se atrevía?

Se pasó el dedo regordete y acolchado por los labios. «Si el Duque lo supiera...», susurró ella. «Querido Mr. Bacon, un poco de mala suerte...».

Ella había vuelto a apostar, ¿no es cierto?

«¡Ese villano! ¡Ese estafador!», siseó ella.

¿El hombre del pómulo astillado? Un mal tipo. Y el Duque era recto como un atizador; con bigotes a los lados; la cortaría, la encerraría ahí abajo si supiera... lo que sé, pensó Oliver, y echó un vistazo a la caja fuerte.

«Araminta, Daphne, Diana», gimió. «Es para ellas».

Las damas Araminta, Daphne, Diana... sus hijas. Las conocía; las adoraba. Pero era a Diana a quien amaba.

«Usted sabe todos mis secretos», espetó ella. Las lágrimas resbalaron; las lágrimas cayeron; las lágrimas, como diamantes, acumulando polvo en los surcos de sus mejillas de flor de cerezo.

«Viejo amigo», murmuró ella, «viejo amigo».

«Viejo amigo», repitió él, «viejo amigo», como si lamiera las palabras.

«¿Cuánto?», preguntó él.

Ella cubrió las perlas con la mano.

«Veinte mil», susurró.

Pero, ¿era real o falsa la que tenía en la mano? El cíngulo de Appleby, ¿no lo había vendido ya? Llamaría a Spencer o a Hammond. «Tómelo y pruébelo», diría. Se estiró hacia la campana.

«¿Vendrá mañana?», le instó ella, interrumpiéndole. «El Primer Ministro... Su Alteza Real...». Se detuvo. «Y Diana...», añadió.

Oliver retiró la mano de la campana.

Miró más allá de ella, a las espaldas de las casas de Bond Street. Pero no vio las casas de Bond Street, sino un río con hoyitos; y truchas subiendo y salmones; y al Primer Ministro; y a él mismo también, con chaleco blanco; y luego, a Diana. Miró la perla que tenía en la mano. ¿Pero cómo podría probarla, a la luz del río, a la luz de los ojos de Diana? Pero los ojos de la Duquesa estaban puestos en él.

«Veinte mil», gimió ella. «¡Por mi honor...!».

¡El honor de la madre de Diana! Acercó su talonario de cheques hacia él; sacó su pluma.

«Veinte...», escribió. Luego dejó de escribir. Los ojos de la anciana de la foto estaban puestos en él... la anciana que fue su madre.

«¡Oliver!», le advirtió. «¡Ten sentido común! No seas tonto!».

«¡Oliver!», suplicó la Duquesa… ahora era «Oliver», no «Mr. Bacon». «¿Vendrás por un fin de semana largo?».

¡A solas en el bosque con Diana! ¡Cabalgando a solas en el bosque con Diana!

«Mil», escribió, y lo firmó.

«Aquí tiene», dijo él.

Y allí se abrieron todos los volantes de la sombrilla, todos los penachos del pavo real, el resplandor de la ola, las espadas y las lanzas de Agincourt, mientras ella se levantaba de su silla. Y los dos viejos y los dos jóvenes, Spencer y Marshall, Wicks y Hammond, se aplastaron tras el mostrador envidiándole mientras la conducía por la tienda hasta la puerta. Y él les sacudió el guante amarillo en la cara, y ella sostuvo su honor —un cheque de veinte mil libras con su firma— con firmeza en las manos.

«¿Son falsas o son reales?», preguntó Oliver, cerrando su puerta privada. Allí estaban, diez perlas sobre el papel secante de la mesa. Las llevó a la ventana. Las sostuvo bajo su lente a la luz… ¡Esta era, pues, la trufa que había sacado de la tierra! ¡Podrida en el centro… podrida en el corazón!

«¡Perdóname, oh, madre mía!», suspiró, levantando la mano como si pidiera perdón a la anciana del cuadro. Y de nuevo era un niño pequeño en el callejón donde vendían perros los domingos.

«Porque», murmuró, juntando las palmas de las manos, «va a ser un fin de semana largo».

«LOS ALFILERES DE SLATER NO TIENEN PUNTA»

«Los alfileres de Slater no tienen punta... ¿no le pasa siempre?», dijo Miss Craye, dándose la vuelta cuando la rosa se cayó del vestido de Fanny Wilmot, y esta se agachó, con los oídos llenos de música, para buscar el alfiler en el suelo.

Las palabras le produjeron un sobresalto extraordinario, mientras Miss Craye tocaba el último acorde de la fuga de Bach. ¿Fue realmente Miss Craye a Slater's a comprar alfileres entonces?, se preguntó Fanny Wilmot, paralizada por un momento. ¿Se quedó de pie ante el mostrador esperando como cualquier otra persona, le dieron un billete con monedas de cobre envueltas en él, las deslizó en su bolso y luego, una hora más tarde, se quedó de pie junto a su tocador y sacó los alfileres? ¿Qué necesidad tenía ella de alfileres? Porque ella no estaba tanto vestida como enfundada, como un escarabajo compacto en su vaina, azul en invierno, verde en verano. ¿Qué necesidad tenía de alfileres —Julia Craye— que vivía, al parecer, en el fresco y vidrioso mundo de las fugas de Bach, tocando para sí misma lo que le gustaba, para tomar una o dos alumnas en el exclusivo Archer Street College of Music (así lo dijo la Directora, Miss Kingston) como un favor especial para ella misma, que sentía «la mayor admiración por ella en todos los sentidos». Miss Craye quedó en mala situación, se temía Miss Kingston, a la muerte de su hermano. Oh, solían tener cosas tan encantadoras, cuando vivían en Salisbury, y su hermano Julius era, por supuesto, un hombre muy conocido: un famoso arqueólogo. Era un gran privilegio quedarse con ellos, dijo Miss Kingston («Mi familia siempre los había conocido... eran gente conocida en Canterbury», dijo Miss Kingston), pero un poco aterrador para una niña; había que tener cuidado de no dar un portazo o entrar torpemente en la habitación inesperadamente. Miss Kingston, que hacía pequeños esbozos de carácter como este el primer día de curso mientras recibía los cheques y extendía los recibos correspondientes, sonrió en ese momento. Sí, había sido más bien una marimacho; había entrado tropezándose y había hecho saltar las vasijas romanas y las otras cosas. Los Craye no estaban acostumbrados a los niños. Los Craye no estaban casados. Tenían gatos; los gatos, solía pensar una, sabían tanto sobre las urnas y las cosas romanas como nadie más.

«¡Mucho más que yo!», dijo alegremente Miss Kingston, escribiendo su nombre sobre el sello con su mano gallarda, alegre y corpulenta, pues siempre había sido práctica. Al fin y al cabo, así era como se ganaba la vida.

Quizá entonces, pensó Fanny Wilmot, buscando el alfiler, Miss Craye dijo eso de que «los alfileres de Slater no tienen punta», en una aventura. Ninguno de los Craye se había casado nunca. Ella no sabía nada de alfileres, nada en absoluto. Pero quería romper el hechizo que había caído sobre la casa; romper el cristal que las separaba de los demás. Cuando Polly Kingston, aquella niña alegre, había dado un portazo y hecho saltar los jarrones romanos, Julius, al ver que no había habido ningún daño (ése fue su primer instinto) miró, pues la maleta estaba parada en la ventana, a Polly que saltaba a casa a través de los campos; miró con la mirada que a menudo tenía su hermana, esa mirada persistente y directriz.

«Estrellas, sol, luna», parecía decir, «la margarita en la hierba, los fuegos, la escarcha en el cristal de la ventana, mi corazón está contigo. Pero», parecía añadir siempre, «te rompes, pasas, te vas». Y simultáneamente cubría la intensidad de ambos estados de ánimo con «no puedo llegar a ti, no puedo llegar a ti», dicho con nostalgia, con frustración. Y las estrellas se desvanecieron, y el niño se fue. Ése era el tipo de hechizo que constituía la superficie cristalina, que Miss Craye quiso romper demostrando, cuando había tocado Bach maravillosamente como recompensa a una alumna favorita (Fanny Wilmot sabía que era la alumna favorita de Miss Craye), que ella también sabía, como otras personas, de alfileres. Los alfileres de Slater no tenían punta.

Sí, la «famosa arqueóloga» también había lucido así. «La famosa arqueóloga»... mientras decía eso, endosando cheques, inquiriendo el día del mes, hablando tan brillante y francamente, había en la voz de Miss Kingston un tono indescriptible que insinuaba algo raro; algo extraño en Julius Craye; era lo mismo que era extraño quizá también en Julia. Se podría jurar, pensó Fanny Wilmot, mientras buscaba el alfiler, que en las fiestas, en las reuniones (el padre de Miss Kingston era clérigo), se había enterado de algún chisme, o podría haber sido sólo una sonrisa, o un tono cuando se mencionaba su nombre, lo que le había dado «un presentimiento» sobre Julius Craye. Ni que decir tiene que nunca había hablado de ello con nadie. Probablemente apenas sabía lo que quería decir con ello. Pero siempre que hablaba de Julius, u oía mencionarle, eso era lo primero que le venía a la mente; y era un pensamiento seductor; había algo extraño en Julius Craye.

Julia también había lucido así, mientras estaba sentada medio girada en el taburete de música, sonriendo. Está en el campo, está en el cristal,

está en el cielo... la belleza; y no puedo llegar a ella; no puedo tenerla...
¡Yo, parecía añadir, con ese pequeño apretón de mano tan característico, que la adoro con tanta pasión, daría el mundo entero por poseerla!
Y recogió el clavel que había caído al suelo, mientras Fanny buscaba el
alfiler. Lo aplastó, sintió Fanny, voluptuosamente en sus manos de suaves venas enjaezadas con anillos de color agua engarzados en perlas.
La presión de sus dedos parecía aumentar todo lo que había de más
brillante en la flor; realzarla; hacerla más fruncida, fresca, inmaculada.
Lo extraño en ella, y quizá también en su hermano, era que este aplastamiento y agarre del dedo se combinaba con una perpetua frustración.
Así sucedía incluso ahora con el clavel. Tenía las manos sobre él; lo
apretaba; pero no lo poseía, no lo disfrutaba, no del todo y por completo.

Ninguno de los Craye se había casado, recordaba Fanny Wilmot. Tenía en mente cómo una tarde, cuando la lección había durado más de
lo habitual y había oscurecido, Julia Craye había dicho «los hombres
sirven, seguramente, para protegernos», sonriéndole con aquella misma extraña sonrisa, mientras se abrochaba la capa, que la hacía, como
la flor, consciente hasta la punta de los dedos de la juventud y el brillo,
pero, como la flor también, sospechaba Fanny, la hacía sentirse incómoda.

«Oh, pero yo no quiero protección», se había reído Fanny, y cuando
Julia Craye, fijando en ella aquella extraordinaria mirada, le había dicho
que no estaba tan segura de ello, Fanny se ruborizó, sin duda, bajo la
admiración de sus ojos.

Era la única utilidad de los hombres, había dicho. ¿Era por esa razón
entonces, se preguntaba Fanny, con los ojos en el suelo, por la que nunca se había casado? Después de todo, no había vivido toda su vida en Salisbury. «La parte más bonita de Londres», había dicho una vez, «(pero
estoy hablando de hace quince o veinte años) es Kensington. Una estaba
en los Jardines en diez minutos; era como el corazón del país. Una podía
cenar fuera en zapatillas sin coger frío. Kensington... era como un pueblo entonces, ¿sabes?», había dicho.

Aquí se interrumpió, para denunciar con acritud las corrientes de
aire en el subterráneo.

«Era la utilidad de los hombres», había dicho ella, con una acerba ironía. ¿Acaso eso arrojaba alguna luz sobre el problema de por qué no se
había casado? Una podía imaginarse todo tipo de escenas en su juventud, cuando con sus buenos ojos azules, su nariz recta y firme, su aire
de fría distinción, su forma de tocar el piano, su rosa floreciendo con
casta pasión en el seno de su vestido de muselina, había atraído prime-

ro a los jóvenes para quienes esas cosas, las tazas de té de porcelana y los candelabros de plata y la mesa con incrustaciones, pues los Craye tenían cosas tan bonitas, eran maravillosas; jóvenes no suficientemente distinguidos; jóvenes de la ciudad catedralicia con ambiciones. Ella los había atraído primero, y luego a los amigos de su hermano de Oxford o Cambridge. Venían en verano; remaban con ella por el río; continuaban la discusión sobre Browning por carta; y se ponían de acuerdo quizá, en las raras ocasiones en que ella se quedaba en Londres, para enseñarle —¿los Jardines de Kensington?—.

«La parte más bonita de Londres... Kensington (hablo de hace quince o veinte años)», había dicho una vez. Una estaba en los jardines en diez minutos, en el corazón del país. Una podía hacer de aquello lo que quisiera, pensó Fanny Wilmot, señalar, por ejemplo, a Mr. Sherman, el pintor, un viejo amigo suyo; hacer que la llamara, previa cita, un soleado día de junio; llevarla a tomar el té bajo los árboles. (También se habían conocido en esas fiestas a las que una iba en zapatillas sin miedo a resfriarse). La tía u otro pariente mayor debía esperar allí mientras ellos miraban el Serpentine. Miraron el Serpentine. Puede que lo cruzara a remo. Lo compararon con el Avon. Ella habría considerado la comparación muy ociosa. Los paisajes de los ríos eran importantes para ella. Se sentó un poco encorvada, un poco angulosa, aunque entonces era grácil, dirigiendo. En el momento crítico, pues había decidido que debía hablar ahora —era su única oportunidad de tenerla a solas—, hablaba con la cabeza girada en un ángulo absurdo, en su gran nerviosismo, por encima del hombro; en ese preciso instante ella interrumpió enérgicamente. Chocarían con el Puente, gritó ella. Fue un momento de horror, de desilusión, de revelación, para ambos. No puedo tenerlo, no puedo poseerlo, pensó ella. Él no entendía por qué había venido entonces. Con un gran golpe de remo dio la vuelta a la barca. ¿Simplemente para desairarle? Volvió a remar y se despidió de ella.

El escenario de aquella escena podía variar a voluntad, reflexionó Fanny Wilmot. (¿Dónde había caído aquel alfiler?). Podía ser Rávena; o Edimburgo, donde ella había cuidado la casa de su hermano. La escena podía cambiarse; y el joven y la manera exacta de hacerlo todo, pero una cosa era constante: su negativa, y su ceño fruncido, y su enfado consigo misma después, y su argumento, y su alivio; sí, ciertamente su inmenso alivio. Al día siguiente, tal vez, se levantaría a las seis, se pondría la capa y caminaría desde Kensington hasta el río. Estaba tan agradecida de no haber sacrificado su derecho a ir a ver las cosas cuando están en su mejor momento, antes de que la gente se levante, es decir... ella podía tomar su desayuno en la cama si quería. No había sacrificado su independencia.

Sí, sonrió Fanny Wilmot, Julia no había puesto en peligro sus hábitos. Permanecían a salvo; y sus hábitos habrían sufrido si se hubiera casado. «Son unos ogros», había dicho una tarde, riendo a medias, cuando otra alumna, una muchacha recién casada, recordando de pronto que no se encontraría con su marido, se había marchado corriendo.

«Son ogros», había dicho ella, riendo sombríamente. Un ogro habría interferido tal vez con el desayuno en la cama; con los paseos al amanecer hasta el río. ¿Qué habría pasado (pero apenas se podía concebir esto) si ella hubiera tenido hijos? Tomaba precauciones asombrosas contra los escalofríos, la fatiga, la comida pesada, la comida equivocada, las corrientes de aire, las habitaciones caldeadas, los viajes en subterráneo, pues nunca podía determinar cuál de todos ellos era exactamente el que le provocaba aquellos terribles dolores de cabeza que daban a su vida el aspecto de un campo de batalla. Siempre estaba empeñada en burlar al enemigo, hasta que parecía que la persecución tenía su interés; si hubiera podido vencerlo finalmente, la vida le habría parecido un poco aburrida. Así las cosas, el tira y afloja era perpetuo: por un lado, el ruiseñor o el paisaje que amaba con pasión —sí, por los paisajes y los pájaros no sentía nada menos que pasión—; por otro, el camino húmedo o el horrible y largo camino por una colina empinada que, sin duda, no le sería para nada beneficioso al día siguiente y le provocaría uno de sus dolores de cabeza. Por eso, cuando de vez en cuando manejaba sus fuerzas con destreza y conseguía visitar Hampton Court la semana en que los azafranes —esas flores brillantes y lustrosas eran sus favoritas— estaban en su mejor momento, era una victoria. Era algo que duraba; algo que importaba para siempre. Engarzó la tarde en el collar de los días memorables, que no era demasiado largo para que ella pudiera recordar este o aquél; este paisaje, aquella ciudad; palparla, sentirla, saborear, suspirando, la cualidad que la hacía única.

«Hacía tan buen tiempo el viernes pasado», dijo, «que decidí que debía ir allí». Así que se había marchado a Waterloo en su gran misión —visitar Hampton Court— sola. Naturalmente, pero quizá tontamente, una se compadecía de ella por aquello por lo que nunca pedía compasión (de hecho era reticente habitualmente, hablando de su salud sólo como un guerrero hablaría de su enemigo)... una se compadecía de ella por hacerlo siempre todo sola. Su hermano había muerto. Su hermana era asmática. El clima de Edimburgo le sentaba bien. Era demasiado sombrío para Julia. Quizá también le resultaban dolorosas las asociaciones, pues su hermano, el famoso arqueólogo, había muerto allí; y ella había amado a su hermano. Vivía en una casita de Brompton Road completamente sola.

Fanny Wilmot vio el alfiler; lo cogió. Miró a Miss Craye. ¿Se sentía tan sola Miss Craye? No, Miss Craye era firme, dichosa, aunque sólo fuera por ese momento, una mujer feliz. Fanny la había sorprendido en un momento de éxtasis. Estaba allí sentada, medio de espaldas al piano, con las manos entrelazadas en el regazo sosteniendo el clavel erguido, mientras detrás de ella se veía el agudo cuadro de la ventana, sin cortinas, púrpura al atardecer, intensamente púrpura después de las brillantes luces eléctricas que ardían sin sombra en la desnuda sala de música. Julia Craye, sentada, encorvada y compacta, sosteniendo su flor, parecía emerger de la noche londinense, parecía arrojarla como un manto tras ella, parecía, en su desnudez e intensidad, la efluencia de su espíritu, algo que ella había hecho y que la rodeaba. Fanny se quedó mirando.

Todo pareció transparente, por un momento, a la mirada de Fanny Wilmot, como si mirando a través de Miss Craye, viera la fuente misma de su ser derramando sus gotas de plata pura. Vio atrás y atrás en el pasado detrás de ella. Vio los verdes jarrones romanos colocados en su estuche; oyó a los coristas jugando al cricket; vio a Julia bajar tranquilamente los curvos escalones hasta el césped; luego la vio servir el té bajo el cedro; cerró suavemente la mano del anciano entre las suyas; la vio recorrer los pasillos de aquella antigua morada catedralicia con toallas en la mano para señalarlos; lamentando, a medida que avanzaba, la mezquindad de la vida cotidiana; y envejeciendo lentamente, y guardando la ropa cuando llegaba el verano, porque a su edad era demasiado brillante para ponérsela; y atendiendo la enfermedad de su padre; y hendiendo su camino cada vez más definitivamente a medida que su voluntad se endurecía hacia su meta solitaria; viajando frugalmente; fijándose en el costo y midiendo con su apretado y cerrado monedero la suma necesaria para este viaje o para aquel viejo espejo; obstinándose, dijera lo que dijera la gente, en elegir sus placeres para sí misma. Vio a Julia...

Julia ardía. Julia se encendió. De la noche ardió como una estrella blanca muerta. Julia le abrió los brazos. Julia la besó en los labios. Julia la poseyó.

«Los alfileres de Slater no tienen punta», dijo Miss Craye, riendo de forma extraña y relajando los brazos, mientras Fanny Wilmot se prendía la flor al pecho con dedos temblorosos.

EL HOMBRE QUE AMABA A LOS SUYOS

Trotando por Deans Yard aquella tarde, Prickett Ellis se topó de frente con Richard Dalloway, o mejor dicho, justo cuando pasaban, la disimulada mirada de reojo que cada uno lanzaba al otro, bajo el sombrero, por encima del hombro, se amplió y estalló en reconocimiento; hacía veinte años que no se veían. Habían ido juntos a la escuela. ¿Y qué hacía Ellis? ¿Era abogado? Por supuesto, por supuesto; había seguido el caso en los periódicos. Pero era imposible hablar aquí. ¿No vendría de visita esta tarde? (Vivían en el mismo lugar de siempre, a la vuelta de la esquina). Vendrían una o dos personas. Joynson quizás. «Todo muy bien ahora», dijo Richard.

«Bien, pues hasta esta noche», dijo Richard, y siguió su camino, «encantado» (eso era bastante cierto) de haber conocido a aquel tipo raro, que no había cambiado nada desde que estaba en la escuela —sólo el mismo chiquillo nudoso y regordete de entonces, con prejuicios asomando por todas partes, pero extraordinariamente brillante—, que ganó el Newcastle. Bien... y se fue.

Prickett Ellis, sin embargo, al volverse y mirar a Dalloway que desaparecía, deseó ahora no haberle encontrado o, al menos, ya que siempre le había caído bien personalmente, no haberle prometido venir a esta fiesta. Dalloway estaba casado, daba fiestas; no era para nada su tipo. Tendría que vestirse. Sin embargo, a medida que avanzaba la noche, supuso que, ya que lo había dicho, y no quería ser descortés, debía ir.

Pero ¡qué tipo de entretenimiento tan espantoso! Estaba Joynson; no tenían nada que decirse. Había sido un chiquillo pomposo; se había vuelto algo más engreído; eso era todo; no había ni una sola alma más en la sala que Prickett Ellis conociera. Ni una sola. Así que, como no podía irse de inmediato, sin decir una palabra a Dalloway, que parecía totalmente absorbido por sus obligaciones, yendo de un lado a otro con un chaleco blanco, allí tuvo que quedarse. Era el tipo de cosas que se le subían a la garganta. ¡Pensar en hombres y mujeres adultos y responsables haciendo esto todas las noches de su vida! Las líneas se hicieron más profundas en sus mejillas afeitadas, azules y rojas, mientras se apoyaba en la pared en completo silencio, pues aunque trabajaba como un caballo, se mantenía en forma haciendo ejercicio; y tenía un aspecto duro y feroz, como si sus bigotes estuvieran bañados en escarcha. Se erizaba; rechinaba. Su escasa ropa de vestir le daba un aspecto desaliñado, insignificante, anguloso.

Ociosos, parlanchines, excesivamente vestidos, sin una idea en la cabeza, estas finas damas y caballeros seguían hablando y riendo; y Prickett Ellis los observaba y los comparaba con los Brunner que, cuando ganaron su caso contra la Cervecería Fenners y obtuvieron doscientas libras de indemnización (no era ni la mitad de lo que deberían haber obtenido) fueron y se gastaron cinco de ellas en un reloj para él. Aquello era algo decente; era el tipo de cosas que le emocionaban a uno, y miró con más severidad que nunca a aquella gente, demasiado vestida, cínica, próspera, y comparó lo que sentía ahora con lo que sentía a las once de la mañana, cuando el viejo Brunner y Mrs. Brunner, con sus mejores galas, unos ancianos de aspecto terriblemente respetable y limpio, habían llamado para darle esa pequeña muestra, como dijo el hombre mayor, poniéndose perfectamente erguido para pronunciar su discurso, de gratitud y respeto por la forma tan hábil en que usted había llevado nuestro caso, y Mrs. Brunner dijo en voz alta que sentían que todo se lo debían a él. Y apreciaron profundamente su generosidad, porque, por supuesto, no había cobrado honorarios.

Y mientras cogía el reloj y lo colocaba en el centro de su repisa, había sentido que deseaba que nadie le viera la cara. Para eso había trabajado, ésa era su recompensa; y miró a la gente que en realidad estaba ante sus ojos como si bailaran sobre aquella escena en sus aposentos y se vieran expuestos por ella, y a medida que se desvanecía —los Brunner se desvanecían— quedaba, como resto de aquella escena, él mismo, enfrentándose a esta población hostil, un hombre perfectamente llano, poco sofisticado, un hombre del pueblo (se enderezó) muy mal vestido, deslumbrante, sin aire ni gracia, un hombre que tenía mala mano para ocultar sus sentimientos, un hombre sencillo, un ser humano corriente, enfrentado a la maldad, la corrupción, la falta de corazón de la sociedad. Pero no quiso seguir mirando. Ahora se puso las gafas y examinó los cuadros. Leyó los títulos de una fila de libros; en su mayoría, poesía. Le hubiera gustado mucho volver a leer algunos de sus viejos favoritos —Shakespeare, Dickens—, ojalá hubiera tenido tiempo de entrar en la National Gallery, pero no podía... no, no podía. Realmente uno no podía... con el mundo en el estado en que estaba. No cuando la gente todo el día quería su ayuda, clamaba justamente por ayuda. No era una época para lujos. Y miró los sillones y los cortapapeles y los libros bien encuadernados, y sacudió la cabeza, sabiendo que nunca tendría tiempo, se alegró de pensar, que nunca tendría el corazón, para permitirse tales lujos. La gente de aquí se escandalizaría si supiera lo que pagaba por su tabaco; cómo había tomado prestada su ropa. Su única extravagancia era su pequeño yate en los Norfolk Broads. Y eso sí se lo permitía, le gustaba una vez al año alejarse de todo el mundo y tumbarse de espaldas en un campo. Pensó en lo sorprendidos que se quedarían —esa buena gente— si se dieran cuenta de la cantidad de placer que él obtenía de lo que era. lo bastante anticuado como para llamarlo así, amor a la naturaleza; árboles y campos que había conocido desde que era un niño.

Esta buena gente se escandalizaría. De hecho, allí de pie, guardándose las gafas en el bolsillo, se sentía cada instante más escandalizado. Y era una sensación muy desagradable. No sentía esto —que amaba a la humanidad, que pagaba sólo cinco peniques la onza por el tabaco y que amaba la naturaleza— con naturalidad y tranquilidad. Cada uno de estos placeres se había convertido en una protesta. Sentía que esas personas a las que despreciaba le hacían levantarse y entregarse y justificarse. «Soy un hombre corriente», repetía. Y lo que dijo a continuación realmente le avergonzaba decirlo, pero lo dijo. «He hecho más por los de mi especie en un día que el resto de ustedes en toda su vida». De hecho, no podía evitarlo; seguía recordando escena tras escena, como aquella en la que los Brunner le regalaron el reloj; seguía recordándose a sí mismo las cosas bonitas que la gente había dicho de su humanidad, de su generosidad, de cómo les había ayudado. Seguía viéndose a sí mismo como el sabio y tolerante servidor de la humanidad. Y deseaba poder repetir sus alabanzas en voz alta. Era desagradable que el sentimiento de su bondad bullera en su interior. Era aún más desagradable que no pudiera decirle a nadie lo que la gente había dicho de él. Gracias al Señor, repetía una y otra vez, mañana volveré al trabajo; y sin embargo, ya no le bastaba con escabullirse por la puerta y marcharse a casa. Debía quedarse, debía quedarse hasta que se hubiera justificado. ¿Pero cómo iba a hacerlo? En toda aquella sala llena de gente, no conocía a un alma con la que hablar.

Por fin apareció Richard Dalloway.

«Quiero presentarte a Miss O'Keefe», dijo. Miss O'Keefe le miró fijamente a los ojos. Era una mujer de unos treinta años, bastante arrogante y de modales bruscos.

Miss O'Keefe quería un helado o algo de beber. Y la razón por la que le pidió a Prickett Ellis que se lo diera de un modo que le pareció altanero e injustificable, era que había visto a una mujer y dos niños, muy pobres, muy cansados, apretados contra la verja de una plaza, asomándose, aquella tarde calurosa. ¿No se les puede dejar entrar? había pensado, su compasión subiendo como una ola; su indignación hirviendo. No; se reprendió a sí misma al instante siguiente, bruscamente, como si se hubiera tapado los oídos. Toda la fuerza del mundo no puede hacerlo. Entonces recogió la pelota de tenis y la lanzó devolviéndola. Toda la fuerza del mundo no puede hacerlo, dijo con furia, y por eso le dijo de forma tan autoritaria, al hombre desconocido:

«Deme un helado».

Mucho antes de que se lo hubiera comido, Prickett Ellis, de pie junto a ella, sin tomar nada, le dijo que hacía quince años que no iba a una fiesta; le contó que su traje de gala se lo había prestado su cuñado; le dijo que no le gustaban ese tipo de cosas, y que le habría aliviado mucho seguir diciendo que era un hombre sencillo, al que le gustaba la gente corriente, y luego le habría contado (y se habría avergonzado de ello después) lo de los Brunner y el reloj, pero ella dijo:

«¿Ha visto *La tempestad?*»,

entonces (ya que no había visto *La tempestad),* ¿había leído algún libro? De nuevo no, y entonces, bajando el helado, ¿nunca había leído poesía?

Y Prickett Ellis sintiendo surgir en su interior algo que decapitaría a esta joven, que la convertiría en víctima, que la masacraría, la hizo sentarse allí, donde no les interrumpieran, en dos sillas, en el jardín vacío, pues todo el mundo estaba arriba, sólo se oía un zumbido y un murmullo y un parloteo y un tintineo, como el loco acompañamiento de alguna orquesta fantasma a uno o dos gatos que se escabullían por la hierba, y el vacilar de las hojas, y los frutos amarillos y rojos como linternas chinas que se bamboleaban de un lado a otro; la charla parecía una frenética música de baile esquelético ambientada en algo muy real y lleno de sufrimiento.

«¡Qué bonito!», dijo Miss O'Keefe.

Oh, era hermoso, este pequeño trozo de hierba, con las torres de Westminster amontonadas a su alrededor oscuro, alto en el aire, después del salón; era silencioso, después de aquel ruido. Después de todo, tenían eso: la mujer cansada, los niños.

Prickett Ellis encendió una pipa. Eso la escandalizaría; la llenó de tabaco barato —cinco peniques y medio la onza—. Pensó en cómo se tumbaría en su barco a fumar, se veía a sí mismo, solo, por la noche, fumando bajo las estrellas. Durante toda la noche no dejó de pensar en el aspecto que tendría si estas personas de aquí le vieran. Le dijo a Miss O'Keefe, encendiendo una cerilla en la suela de su bota, que no veía nada especialmente bello aquí fuera.

«Quizá», dijo Miss O'Keefe, «no le interese la belleza». (Le había dicho que no había visto *La tempestad;* que no había leído un libro; tenía un aspecto desaliñado, todo bigote, barbilla y cadena de reloj de plata). Ella pensó que nadie necesitaba pagar un penique por esto; los Museos son gratuitos y la National Gallery; y el campo. Por supuesto, ella conocía las objeciones: el lavado, la cocina, los niños; pero la raíz de las cosas, lo que todos temían decir, era que la felicidad es baratísima. Se puede tener por nada. La belleza.

Entonces Prickett Ellis se lo soltó: esa mujer pálida, brusca y arrogante. Le contó, dando caladas a su tabaco de lana, lo que había hecho aquel día. Levantarse a las seis; entrevistas; oler una alcantarilla en un tugurio mugriento; luego al juzgado.

Aquí vaciló, deseando contarle algo de sus propias acciones. Al reprimirlo, se mostró aún más cáustico. Dijo que le ponía enfermo oír hablar de belleza a mujeres bien alimentadas y bien vestidas (ella retorció los labios, pues era delgada y su vestido no estaba a la altura de la fiesta).

«¡Belleza!», dijo él. Temía no entender la belleza al margen de los seres humanos.

Así que miraron hacia el jardín vacío, donde las luces se balanceaban y un gato vacilaba en el centro, con la pata levantada.

¿Belleza aparte de los seres humanos? ¿Qué quería decir con eso? preguntó ella de repente.

Pues esto: poniéndose cada vez más nervioso, le contó la historia de los Brunner y el reloj, sin ocultar su orgullo por ello. Fue hermoso, dijo él.

Ella no tenía palabras para especificar el horror que su historia despertaba en ella. Primero su engreimiento; luego su indecencia al hablar de sentimientos humanos; era una blasfemia; nadie en todo el mundo debería contar una historia para demostrar que había amado a los suyos. Sin embargo, mientras lo contaba —cómo el hombre mayor se había puesto en pie y había pronunciado su discurso—, lágrimas acudieron a los ojos de ella; ¡ah, si alguien le hubiera dicho eso alguna vez! Pero, de nuevo, sintió cómo era precisamente esto lo que condenaba a la humanidad para siempre; nunca llegarían más allá de las escenas conmovedoras con relojes; los Brunner dando discursos a los Prickett Ellis, y los Prickett Ellis siempre dirían cómo habían amado a los suyos; siempre serían perezosos, transigentes y temerosos de la belleza. De ahí surgieron las revoluciones; de la pereza y el miedo y de este amor por las escenas conmovedoras. Aun así, este hombre obtenía placer de sus Brunner; y ella estaba condenada a sufrir por siempre jamás por sus pobres mujeres apartadas de las plazas. Así que se sentaron en silencio. Ambos eran muy infelices. A Prickett Ellis no le tranquilizaba lo más mínimo lo que había dicho; en lugar de sacarle la espina se la había restregado; su felicidad de la mañana se había arruinado. Miss O'Keefe estaba confusa y molesta; estaba embarrada en vez de despejada.

«Me temo que soy una de esas personas tan corrientes», dijo él, levantándose, «que aman a los suyos».

A lo que Miss O'Keefe casi gritó: «Yo también lo temo»

Odiándose el uno al otro, odiando a toda la casa llena de gente que les había brindado esta dolorosa... esta velada que quitaba la ilusión, estos dos amantes de los suyos se levantaron y, sin mediar palabra, se separaron para siempre.

EL REFLECTOR

La mansión del Conde del siglo XVIII se había convertido en el siglo XX en un Club. Y era agradable, después de cenar en el gran salón con los pilares y las lámparas de araña bajo un resplandor de luz, salir al balcón con vistas al Parque. Los árboles estaban llenos de hojas y, de haber habido luna, se habrían podido ver las escarapelas de color rosa y crema en los castaños. Pero era una noche sin luna; muy cálida, después de un buen día de verano.

El grupo de Mr. y Mrs. Ivimey tomaba café y fumaba en el balcón. Como para aliviarles la necesidad de hablar, para entretenerles sin ningún esfuerzo por su parte, unas varas de luz surcaron el cielo. Entonces reinaba la paz; las fuerzas aéreas estaban practicando; buscaban aviones enemigos en el cielo. Tras hacer una pausa para marcar algún punto sospechoso, la luz giraba en círculos, como las alas de un molino de viento, o de nuevo como las antenas de algún insecto prodigioso, y revelaba aquí una fachada de piedra cadavérica; aquí un castaño con todas sus flores cabalgando; y de repente la luz daba de lleno en el balcón, y durante un segundo brilló un disco luminoso... quizá era un espejo en un bolso de mano de señora.

«¡Miren!», exclamó Mrs. Ivimey.

La luz pasó. Estaban de nuevo en la oscuridad

«¡Nunca adivinarán lo que eso me hizo ver!», añadió. Naturalmente, intentaron adivinarlo.

«No, no, no», protestó ella. Nadie podía adivinarlo; sólo ella lo sabía; sólo ella podía saberlo, porque era la bisnieta del propio hombre. Él le había contado la historia. ¿Qué historia? Si querían, ella intentaría contarla. Aún había tiempo antes de la obra de teatro.

«Pero, ¿por dónde empiezo?», reflexionó. «¿En el año 1820?... Debió ser por entonces cuando mi bisabuelo era un niño. Yo no soy joven» —no, pero estaba muy bien puesta y era guapa— «y él era un hombre muy mayor cuando yo era una niña... cuando me contó la historia. Un anciano muy apuesto, con un mechón de pelo blanco y ojos azules. Debió de ser un niño precioso. Pero raro... Era natural», explicó, «viendo cómo vivían. Se llamaban Comber. Habían descendido en la clase social. Habían sido gentileshombres; habían poseído tierras en Yorkshire. Pero cuando era niño sólo quedaba la torre. La casa no era más que una pequeña granja, en medio de los campos. La vimos hace diez años y la recorrimos. Tuvimos que dejar el coche y atravesar los campos a pie. No hay ningún camino hasta la casa. Se levanta sola, la hierba crece hasta la puerta... había gallinas picoteando, entrando y saliendo de las habitaciones. Todo se ha ido al traste y a la ruina. Recuerdo que de repente cayó una piedra de la torre». Hizo una pausa. «Allí vivían», continuó, «el viejo, la mujer y el niño. Ella no era su esposa, ni la madre del chico. Era sólo una peona, una chica que el viejo se había llevado a vivir con él cuando murió su esposa. Otra razón quizá por la que nadie les visitaba, por la que todo el lugar se había ido al traste y a la ruina. Pero recuerdo un escudo de armas sobre la puerta; y libros, libros viejos, enmohecidos. Él mismo aprendió todo lo que sabía de los libros. Leía y leía, me dijo, libros viejos, libros con mapas colgando de las páginas. Los arrastró hasta lo alto de la torre; la cuerda sigue ahí y los escalones rotos. Todavía hay una silla en la ventana con la parte de abajo caída; y la ventana abriéndose, y los cristales rotos, y una vista de millas y millas a través de los páramos».

Se detuvo como si estuviera en la torre mirando desde la ventana que se abrió.

«Pero no pudimos», dijo, «encontrar el telescopio». En el comedor, detrás de ellas, el estrépito de los platos se hizo más fuerte. Pero Mrs. Ivimey, en el balcón, parecía desconcertada, porque no encontraba el telescopio.

«¿Por qué un telescopio?», le preguntó alguien.

«¿Por qué? Porque si no hubiera habido un telescopio», se rió, «yo no estaría sentada aquí ahora».

Y ciertamente ahora estaba allí sentada, una mujer bien plantada, de mediana edad, con algo azul sobre los hombros.

«Debía de estar allí», continuó, «porque, según me contó, todas las noches, cuando las personas mayores se habían ido a la cama, él se sentaba junto a la ventana y miraba las estrellas a través del telescopio. Júpiter, Aldebarán, Casiopea». Agitó la mano hacia las estrellas que empezaban a asomar por encima de los árboles. Crecía el bosque. Y el reflector parecía más brillante, barriendo el cielo, deteniéndose aquí y allá para mirar las estrellas.

«Allí estaban», prosiguió, «las estrellas. Y él se preguntó a sí mismo, mi bisabuelo, aquel muchacho: "¿Qué son? ¿Por qué son? ¿Y quién soy yo?", como lo hace alguien, sentado solo, sin nadie con quien hablar, mirando las estrellas».

Ella se quedó en silencio. Todos miraron las estrellas que salían en la oscuridad por encima de los árboles. Las estrellas parecían muy permanentes, muy inmutables. El rugido de Londres se hundió. Cien años no parecían nada. Sintieron que el niño miraba las estrellas con ellos. Parecían estar con él, en la torre, mirando las estrellas sobre los páramos.

Entonces una voz detrás de ellos dijo:

«Así es. Viernes».

Todos se giraron, se movieron, se sintieron caer de nuevo al balcón.

«Ah, pero no había nadie para decirle eso», murmuró ella. La pareja se levantó y se alejó.

«Él estaba solo», reanudó ella. «Era un buen día de verano. Un día de junio. Uno de esos días perfectos de verano en los que todo parece detenerse con el calor. Estaban las gallinas picoteando en el corral; el viejo caballo zapateando en el establo; el anciano dormitando sobre su vaso. La mujer fregando cubos en la fregadera. Tal vez cayó una piedra de la torre. Parecía como si el día no fuera a terminar nunca. Y no tenía a nadie con quien hablar, nada que hacer. El mundo entero se extendía ante él. El páramo subiendo y bajando; el cielo encontrándose con el páramo; verde y azul, verde y azul, por los siglos de los siglos».

En la penumbra, pudieron ver que Mrs. Ivimey estaba inclinada sobre el balcón, con la barbilla apoyada en las manos, como si contemplara los páramos desde lo alto de una torre.

«Nada más que páramo y cielo, páramo y cielo, por los siglos de los siglos», murmuró ella.

Entonces hizo un movimiento, como si balanceara algo en su posición.

«¿Pero qué aspecto tenía la Tierra a través del telescopio?», preguntó.

Hizo otro pequeño y rápido movimiento con los dedos como si estuviera haciendo girar algo.

«Lo enfocó», dijo. «Lo enfocó sobre la tierra. Lo enfocó sobre una masa oscura de bosque en el horizonte. Lo enfocó de forma que podía ver... cada árbol... cada árbol por separado... y los pájaros... subiendo y bajando... y un hilo de humo... allí... en medio de los árboles... Y entonces... más abajo... más abajo... (bajó los ojos)... había una casa... una casa entre los árboles... una casa de labranza... se veían todos los ladrillos... y las tinas a ambos lados de la puerta... con flores en ellas azules, rosas, hortensias, tal vez...». Hizo una pausa... «Y entonces una muchacha salió de la casa... llevaba algo azul en la cabeza... y se quedó allí... dando de comer a los pájaros... palomas... vinieron revoloteando a su alrededor... Y entonces... mira... Un hombre... ¡Un hombre! Llegó doblando la esquina. ¡La cogió en brazos! Se besaron... se besaron».

Mrs. Ivimey abrió los brazos y los cerró como si estuviera besando a alguien.

«Era la primera vez que él veía a un hombre besar a una mujer —en su telescopio— ¡a millas y millas de distancia a través de los páramos!».

Ella se quitó algo de encima... el telescopio, presumiblemente. Se sentó erguida.

«Así que él bajó corriendo las escaleras. Corrió por los campos. Corrió por los senderos, por la carretera, por los bosques. Corrió millas y millas, y justo cuando las estrellas se asomaban por encima de los árboles llegó a la casa... cubierto de polvo, chorreando sudor...».

Ella se detuvo, como si le hubiera visto.

«Y entonces, y entonces... ¿qué hizo entonces? ¿Qué dijo? Y la muchacha...», la presionaron.

Un rayo de luz cayó sobre Mrs. Ivimey como si alguien hubiera enfocado sobre ella la lente de un telescopio. (Eran los aviones de la fuerza aérea, en busca de aeronaves enemigas). Se había puesto de pie. Tenía algo azul en la cabeza. Había levantado la mano, como si estuviera en el umbral de una puerta, asombrada.

«Oh, la muchacha... Ella era...», vaciló, como si estuviera a punto de decir «yo misma». Pero se acordó; y se corrigió. «Era mi bisabuela», dijo.

Se volvió para buscar su capa. Estaba en una silla detrás de ella.

«Pero díganos... ¿qué hay del otro hombre, el que dobló la esquina?», le preguntaron.

«¿Ese hombre? Oh, ese hombre», murmuró Mrs. Ivimey, agachándose para tantear en busca de su capa (el reflector había abandonado el balcón), «él, supongo, desapareció».

«La luz», añadió, recogiendo sus cosas a su alrededor, «sólo cae aquí y allá».

El reflector había pasado de largo. Ahora enfocaba la llana extensión del Palacio de Buckingham. Y ya era hora de que vayan a la obra de teatro.

EL LEGADO

«Para Sissy Miller». Gilbert Clandon, cogiendo el broche de perlas que yacía entre un montón de anillos y broches sobre una mesita en el salón de su esposa, leyó la inscripción: «Para Sissy Miller, con amor».

Era propio de Angela haberse acordado incluso de Sissy Miller, su secretaria. Pero qué extraño era, pensó Gilbert Clandon una vez más, que lo hubiera dejado todo tan ordenado... un regalito de algún tipo para cada uno de sus amigos. Era como si hubiera previsto su muerte. Sin embargo, ella había estado en perfecto estado de salud cuando salió de casa aquella mañana, hacía seis semanas; cuando se bajó del bordillo en Piccadilly y el coche la había matado.

Él estaba esperando a Sissy Miller. Le había pedido que viniera; le debía, sintió, después de todos los años que había estado con ellos, esta muestra de consideración. Sí, continuó, mientras esperaba sentado, era extraño que Angela lo hubiera dejado todo tan ordenado. A cada amiga le había dejado alguna pequeña muestra de su afecto. Cada anillo, cada collar, cada cajita china —ella tenía pasión por las cajitas— tenía un nombre. Y cada una tenía algún recuerdo para él. Esta se la había regalado él; esta —el delfín de esmalte con ojos de rubí— la había encontrado ella un día en una callejuela de Venecia. Podía recordar su pequeño grito de alegría. A él, por supuesto, no le había dejado nada en particular, a no ser su diario. Quince pequeños volúmenes, encuadernados en cuero verde, estaban detrás de él sobre su mesa de escribir. Desde que se casaron, ella había llevado un diario. Algunas de sus escasas —no podía llamarlas peleas, sino riñas— habían girado en torno a ese diario. Cuando él entraba y la encontraba escribiendo, ella siempre lo cerraba o ponía la mano encima. «No, no, no», podía oírla decir, «después de muerta... tal vez». Así que ella se lo había dejado a él, como su legado. Era lo único que no habían compartido cuando ella vivía. Pero él siempre había dado por sentado que ella le sobreviviría. Si tan sólo se hubiera detenido un momento, y hubiera pensado en lo que estaba haciendo, ahora estaría viva. Pero ella se había bajado directamente del bordillo, había dicho el conductor del coche en la investigación. Ella no le había dado ninguna oportunidad de detenerse... Aquí el sonido de voces en el pasillo le interrumpió.

«Miss Miller, Sir», dijo la criada.

Ella entró. Nunca la había visto sola en su vida, ni, por supuesto, llorando. Estaba terriblemente afligida, y no era de extrañar. Angela había sido para ella mucho más que una empleadora. Había sido una amiga. Para él mismo, pensó, mientras le acercaba una silla y le pedía que se sentara, apenas se distinguía de cualquier otra mujer de su clase. Había miles de Sissy Millers, mujercitas vestidas de negro que llevaban maletines. Pero Angela, con su genio para la simpatía, había descubierto todo tipo de cualidades en Sissy Miller. Era el alma de la discreción; tan silenciosa; tan digna de confianza, que uno podía contarle cualquier cosa, etcétera.

Miss Miller no podía hablar al principio. Se quedó sentada secándose los ojos con su pañuelo de bolsillo. Luego hizo un esfuerzo.

«Perdóneme, Mr. Clandon», dijo ella.

Él murmuró. Por supuesto que lo entendía. Era natural. Podía adivinar lo que su esposa había significado para ella.

«He sido tan feliz aquí», dijo, mirando a su alrededor. Sus ojos se posaron en la mesa de escribir que había detrás de él. Era aquí donde habían trabajado —ella y Angela—. Porque Angela tenía su parte de los deberes que corresponden a la esposa de un político prominente. Ella había sido la mayor ayuda para él en su carrera. A menudo las había visto a ella y a Sissy sentadas en aquella mesa... Sissy ante la máquina de escribir, tipeando cartas al dictado. Sin duda, Miss Miller también pensaba en eso. Ahora todo lo que tenía que hacer era regalarle el broche que su esposa le había dejado. Un regalo bastante incongruente al parecer. Hubiera sido mejor dejarle una suma de dinero, o incluso la máquina de escribir. Pero ahí estaba: «Para Sissy Miller, con mi amor». Y, cogiendo el broche, se lo entregó con el pequeño discurso que había preparado. Sabía, dijo, que ella lo valoraría. Su esposa lo había llevado a menudo... Y ella respondió, mientras lo cogía casi como si también hubiera preparado un discurso, que siempre sería una posesión preciada... Ella tenía, supuso él, otras prendas sobre las que un broche de perlas no parecería tan incongruente. Llevaba el abriguito y la falda negros que parecían el uniforme de su profesión. Entonces recordó: estaba de luto, por supuesto. Ella también había tenido su tragedia: un hermano, por el que sentía devoción, había muerto sólo una o dos semanas antes que Ángela. ¿Fue en algún accidente? No podía recordarlo... sólo sabía lo que Ángela dijo. Angela, con su genio para la simpatía, se había sentido terriblemente afectada. Mientras tanto Sissy Miller se había levantado. Se estaba poniendo los guantes. Evidentemente sentía que no debía importunar. Pero no podía dejarla marchar sin decir algo sobre su futuro. ¿Cuáles eran sus planes? ¿Había alguna forma en la que él pudiera ayudarla?

Ella estaba mirando la mesa, donde se había sentado ante su máquina de escribir, donde yacía el diario. Y, perdida en sus recuerdos de Angela, no respondió de inmediato a su sugerencia de que la ayudara. Por un momento pareció no entender. Así que él repitió:

«¿Cuáles son sus planes, Miss Miller?».

«¿Mis planes? Oh, eso está bien, Mr. Clandon,» exclamó ella. «Por favor, no se moleste por mí».

Entendió que quería decir que no necesitaba ayuda financiera. Sería mejor, se dio cuenta, hacer cualquier sugerencia de ese tipo en una carta. Todo lo que podía hacer ahora era decir mientras le apretaba la mano: «Recuerde, Miss Miller, si hay alguna forma en la que pueda ayudarla, será un placer...». Entonces abrió la puerta. Por un momento, en el umbral, como si hubiera tenido un pensamiento repentino; ella se detuvo.

«Mr. Clandon», dijo ella, mirándole fijamente por primera vez, y por primera vez él quedó impresionado por la expresión, comprensiva y a la vez escrutadora, de sus ojos. «Si en algún momento», continuó ella, «hay algo que pueda hacer para ayudarle, recuerde que lo sentiré, por el bien de su esposa, como un placer...».

Con eso se fue. Sus palabras y la mirada que las acompañó fueron inesperadas. Era casi como si ella creyera, o esperara, que él la necesitaría. Una idea curiosa, quizás fantástica, se le ocurrió mientras volvía a su silla. ¿Podría ser que durante todos aquellos años en los que él apenas había reparado en ella, ella, como dicen los novelistas, hubiera sentido pasión por él? Al pasar, captó su propio reflejo en el cristal. Tenía más de cincuenta años; pero no pudo evitar admitir que seguía siendo, como le mostraba el espejo, un hombre de aspecto muy distinguido.

«¡Pobre Sissy Miller!», dijo, medio riendo. ¡Cómo le hubiera gustado compartir aquel chiste con su mujer! Se volvió instintivamente hacia su diario. «Gilbert», leyó, abriéndolo al azar, «lucía tan maravilloso...». Era como si ella hubiera respondido a su pregunta. Por supuesto, parecía decir, tú eres muy atractivo para las mujeres. Por supuesto que Sissy Miller también lo sentía así. Siguió leyendo. «¡Qué orgullosa estoy de ser su esposa!». Y él siempre había estado muy orgulloso de ser su marido. Cuántas veces, cuando cenaban fuera en algún sitio, la había mirado al otro lado de la mesa y se había dicho: «¡Es la mujer más hermosa que hay aquí!». Siguió leyendo. Aquel primer año se había presentado como candidato al Parlamento. Habían recorrido su circunscripción. «Cuando Gilbert se sentó el aplauso fue tremendo. Todo el público se levantó y cantó: "Porque es un buen compañero". Me sentí sobrecogida». También lo recordaba. Ella había estado sentada en la plataforma junto a él.

Aún podía ver la mirada que le lanzó y cómo tenía lágrimas en los ojos. ¿Y entonces? Pasó las páginas. Habían ido a Venecia. Recordó aquellas felices vacaciones después de las elecciones. «Tomamos helados en Florians». Él sonrió... ella seguía siendo una niña; le encantaban los helados. «Gilbert me hizo un relato de lo más interesante sobre la historia de Venecia. Me dijo que los Dogos...», lo había escrito todo con su letra de colegiala. Una de las delicias de viajar con Angela había sido que estaba tan ansiosa por aprender. Era tan terriblemente ignorante, solía decir, como si ése no fuera uno de sus encantos. Y entonces —abrió el siguiente volumen— habían vuelto a Londres. «Estaba tan ansiosa por causar una buena impresión. Me puse mi vestido de novia». Podía verla ahora sentada junto al viejo Sir Edward; y haciendo una conquista de aquel formidable anciano, su jefe. Siguió leyendo rápidamente, rellenando escena tras escena a partir de sus retazos. «Cenamos en la Cámara de los Comunes... A una fiesta nocturna en casa de los Lovegrove. ¿Me di cuenta de mi responsabilidad, me preguntó Lady L., como esposa de Gilbert?». Luego, con el paso de los años —tomó otro volumen del escritorio—, se había ido absorbiendo cada vez más en su trabajo. Y ella, por supuesto, estaba más a menudo sola... Había sido una gran pena para ella, al parecer, que no hubieran tenido hijos. «¡Cómo desearía», decía una entrada, «que Gilbert tuviera un hijo!». Curiosamente, él mismo nunca lo había lamentado mucho. La vida había sido tan plena, tan rica como era. Ese año le habían dado un puesto menor en el gobierno. Un puesto menor solamente, pero su comentario fue: «¡Ahora estoy segura de que será Primer Ministro!». Si las cosas hubieran ido de otro modo, podría haber sido así. Hizo una pausa aquí para especular sobre lo que podría haber sido. La política era una apuesta, reflexionó; pero la partida aún no había terminado. No a los cincuenta. Pasó rápidamente los ojos por más páginas, llenas de las pequeñas nimiedades, las insignificantes, felices y cotidianas nimiedades que habían conformado su vida.

Cogió otro volumen y lo abrió al azar. «¡Qué cobarde soy! Volví a dejar escapar la oportunidad. Pero me pareció egoísta molestarlo con mis propios asuntos, cuando él tiene tanto en qué pensar. Y tan pocas veces tenemos una tarde a solas». ¿Qué significaba aquello? Oh, aquí estaba la explicación: se refería a su trabajo en el East End. «Me armé de valor y hablé por fin con Gilbert. Fue muy amable, muy bueno. No puso ninguna objeción». Recordó aquella conversación. Ella le había dicho que se sentía tan ociosa, tan inútil. Deseaba tener algún trabajo propio. Quería hacer algo —se había sonrojado tan bellamente, recordó él, mientras lo decía, sentada en aquella misma silla— para ayudar a los demás. Él había hecho algunas bromas. ¿No tenía ella bastante que hacer cuidando de él, de su casa? Aun así, si eso la divertía, por supuesto que él no tenía nada que objetar. ¿De qué se trataba? ¿Algún distrito? ¿Algún comité? Sólo debía prometer que no le haría enfermarse. Así que parecía que todos los miércoles ella iba a Whitechapel. Recordó cómo él odiaba la ropa que ella llevaba en esas ocasiones. Pero ella se lo había tomado muy en serio, al parecer. El diario estaba lleno de referencias como esta: «Vi a la señora Jones... Tiene diez hijos... El marido perdió el brazo en un accidente... Hice todo lo posible por encontrar un trabajo para Lily». Y siguió. Su propio nombre aparecía con menos frecuencia. Su interés decayó. Algunas de las entradas no le transmitían nada. Por ejemplo: «Tuve una acalorada discusión sobre el socialismo con B. M.». ¿Quién era B. M.? No pudo completar las iniciales; alguna mujer, supuso, que había conocido en uno de sus comités. «B. M. atacó violentamente a las clases altas... Volví después de la reunión con B. M. e intenté convencerle. Pero es tan estrecho de miras». Así que B. M. era un hombre, sin duda uno de esos «intelectuales», como se llaman a sí mismos, que son tan violentos, como decía Angela, y tan estrechos de miras. Al parecer, ella le había invitado a venir a verla. «B. M. vino a cenar. ¡Le dio la mano a Minnie!». Aquel signo de exclamación dio otro giro a su imagen mental. B. M., al parecer, no estaba acostumbrado a las criadas; le había dado la mano a Minnie. Presumiblemente era uno de esos mansos trabajadores que airean sus opiniones en los salones de señoras. Gilbert conocía el tipo de persona y no sentía ninguna simpatía por este espécimen en particular, fuera quien fuera B. M. Aquí estaba de nuevo. «Fui con B. M. a la Torre de Londres... Dijo que la revolución está por llegar... Dijo que vivimos en el Paraíso de los Tontos». Ese era justo el tipo de cosas que B. M. diría... Gilbert podía oírle. También podía verle con bastante claridad: un hombrecillo rechoncho, con barba áspera, corbata roja, vestido como siempre de tweed, que no había hecho un día de trabajo honrado en su vida. Seguramente Angela tenía el sentido común para ver a través de él. Siguió leyendo. «B. M. dijo cosas muy desagradables sobre...» El nombre fue cuidadosamente tachado. «Le dije que no escucharía más abusos de...». De nuevo el nombre estaba borrado. ¿Podría haber sido su propio nombre? ¿Era por eso por lo que Angela cubría la página tan rápidamente cuando entraba? El pensamiento aumentó su creciente antipatía por B. M. Había tenido la impertinencia de hablar de él en esta misma habitación. ¿Por qué Angela nunca se lo había dicho? No era propio de ella ocultar nada; había sido el alma de la franqueza. Pasó las páginas, seleccionando cada referencia a B. M. «B. M. me contó la historia de su infancia. Su madre salía a hacer trabajos de limpieza... Cuando pienso en ello, apenas soporto seguir viviendo con tanto lujo... ¡Tres guineas por un sombrero!».

¡Si al menos hubiera discutido el asunto con él, en lugar de atormentar su pobre cabecita con preguntas que le resultaban demasiado difíciles de entender! Él le había prestado libros. Karl Marx, *La revolución que viene*. Las iniciales B. M., B. M., B. M., se repetían una y otra vez. Pero, ¿por qué nunca el nombre completo? Había una informalidad, una intimidad en el uso de las iniciales que no era muy propia de Angela. ¿Le había llamado B. M. en su cara? Siguió leyendo. «B. M. llegó inesperadamente después de cenar. Por suerte, estaba sola». De eso hacía sólo un año. «Por suerte», ¿por qué por suerte?, «estaba sola». ¿Dónde había estado aquella noche? Comprobó la fecha en su agenda. Había sido la noche de la cena en Mansion House. ¡Y B. M. y Angela habían pasado la velada a solas! Intentó recordar aquella velada. ¿Le estaba esperando despierta cuando regresó? ¿Tenía la habitación el aspecto de siempre? ¿Había vasos sobre la mesa? ¿Estaban las sillas muy juntas? No podía recordar nada, nada en absoluto, nada excepto su propio discurso en la cena de Mansion House. Cada vez le resultaba más inexplicable toda la situación; su esposa recibiendo a solas a un hombre desconocido. Tal vez el siguiente volumen se lo explicaría. Apresuradamente buscó el último de los diarios, el que ella había dejado inacabado cuando murió. Allí, en la primera página, estaba de nuevo aquel tipo maldito. «Cené a solas con B. M... Se puso muy agitado. Dijo que ya era hora de que nos entendiéramos... Intenté que me escuchara. Pero no quiso. Me amenazó con que si no...», el resto de la página estaba tachado. Había escrito «Egipto. Egipto. Egipto», sobre toda la página. No pudo distinguir ni una sola palabra; pero sólo podía haber una interpretación: el canalla le había pedido que se convirtiera en su amante. ¡Sola en su habitación! La sangre acudió al rostro de Gilbert Clandon. Pasó las páginas rápidamente. ¿Cuál había sido su respuesta? Las iniciales habían cesado. Ahora era simplemente «él». «Él» vino de nuevo. Le dije que no podía tomar ninguna decisión... Le imploré que me dejara». Él la había forzado en esta misma casa. Pero, ¿por qué no se lo había dicho ella? ¿Cómo había podido dudar un instante? Entonces: «Le escribí una carta». Luego había páginas en blanco. Luego vino esto: «Ninguna respuesta a mi carta». Luego más páginas en blanco; y después esto: «Ha hecho lo que amenazó». Después de eso... ¿qué vino después de eso? Pasó una página tras otra. Todas estaban en blanco. Pero allí, el mismo día antes de su muerte, estaba esta anotación: «¿Tengo yo también el valor de hacerlo?». Ése era el final.

Gilbert Clandon dejó que el libro se deslizara hasta el suelo. Podía verla frente a él. Estaba de pie en el bordillo de Piccadilly. Sus ojos miraban fijamente; tenía los puños cerrados. Ahí venía el coche...

No podía soportarlo. Debía saber la verdad. Caminó hacia el teléfono.

«¡Miss Miller!». Se hizo el silencio. Entonces oyó que alguien se movía en la habitación.

«Sissy Miller al habla», le respondió por fin su voz.

«¿Quién», tronó, «es B. M.?».

Pudo oír el tictac del reloj barato de su repisa; luego un largo suspiro. Luego, por fin, ella dijo:

«Era mi hermano».

Era su hermano; su hermano que se había suicidado. «¿Hay», oyó que preguntaba Sissy Miller, «algo que pueda explicar?».

«¡Nada!», gritó él. «¡Nada!».

Había recibido su legado. Ella le había dicho la verdad. Se había bajado del bordillo para reunirse con su amante. Se había bajado del bordillo para escapar de él.

Mrs. Dalloway los presentó, diciendo que él le gustaría. La conversación comenzó unos minutos antes de que se dijera nada, pues tanto Mr. Serle como Miss Anning miraron al cielo y en la mente de ambos el cielo siguió vertiendo su significado aunque de forma muy diferente, hasta que la presencia de Mr. Serle a su lado se hizo tan nítida para Miss Anning que ya no podía ver el cielo, simplemente, en sí mismo, sino el cielo apuntalado por el cuerpo alto, los ojos oscuros, el pelo gris, las manos entrelazadas, el rostro severamente melancólico (pero le habían dicho «falsamente melancólico») de Roderick Serle y, sabiendo lo tonto que era, se sintió, sin embargo, impulsada a decir:

«¡Qué noche tan bonita!».

¡Idiota! ¡Idióticamente tonta! Pero si una no puede ser tonta a la edad de cuarenta años en presencia del cielo, que convierte al más sabio en imbécil —en meras briznas de paja—, ella y Mr. Serle son átomos, motas, que están allí en la ventana de Mrs. Dalloway, y sus vidas, vistas a la luz de la luna, tan largas como la de un insecto y no más importantes.

«¡Bien!», dijo Miss Anning, palmeando enfáticamente el cojín del sofá. Y él se sentó junto a ella. ¿Era «falsamente melancólico», como decían? Incitada por el cielo, que parecía hacerlo todo un poco inútil —lo que decían, lo que hacían—, volvió a decir algo perfectamente corriente:

«Había una Miss Serle que vivía en Canterbury cuando yo era una niña allí».

Con el cielo en su mente, todas las tumbas de sus antepasados aparecieron inmediatamente a Mr. Serle en una romántica luz azul, y sus ojos se expandieron y oscurecieron; dijo: «Sí».

«Somos originalmente una familia normanda, que vino con el Conquistador. Hay un Richard Serle enterrado en la catedral. Era caballero de la liga».

Miss Anning sintió que había golpeado accidentalmente al hombre verdadero, sobre el que se había construido el hombre falso. Bajo la influencia de la luna (la luna que para ella simbolizaba al hombre, podía verla a través de un resquicio de la cortina, y se daba baños de luna) era capaz de decir casi cualquier cosa y se dispuso a desenterrar al hombre verdadero que estaba enterrado bajo el falso, diciéndose a sí misma: «Adelante, Stanley, adelante»... que era una consigna suya, un acicate secreto o azote como los que suelen hacer las personas de mediana edad para flagelar algún vicio inveterado, siendo el suyo una timidez deplorable, o más bien indolencia, pues no era tanto que le faltara valor sino que le faltaba energía, sobre todo para hablar con los hombres, que más bien la asustaban, por lo que a menudo sus conversaciones se quedaban en aburridos lugares comunes, y tenía muy pocos amigos hombres... muy pocos amigos íntimos en realidad, pensaba ella, pero al fin y al cabo, ¿los quería? No. Tenía a Sarah, a Arthur, la casita, la comida y, por supuesto eso, pensó, sumergiéndose, remojándose, incluso mientras estaba sentada en el sofá junto a Mr. Serle, en eso, en la sensación que tenía al llegar a casa de algo reunido allí, un cúmulo de milagros, que no podía creer que otras personas tuvieran (ya que era ella sola quien tenía a Arthur, a Sarah, la casita y el perro chow), pero se volvió a remojar en la profunda posesión satisfactoria, sintiendo que con esto y la luna (que era una música, la luna), podía permitirse dejar enterrado a este hombre y a ese orgullo suyo de los Serle. ¡No! Ese era el peligro, no debía hundirse en la torpeza, no a su edad. «Adelante, Stanley, adelante», se dijo a sí misma, y le preguntó:

«¿Conoce usted Canterbury?».

¿Si conocía Canterbury? Mr. Serle sonrió, pensando en lo absurda que era la pregunta, en lo poco que sabía ella, esta agradable y tranquila mujer que tocaba algún instrumento y parecía inteligente y tenía ojos de buena, y llevaba un collar antiguo muy bonito, sabía lo que significaba. Que le preguntaran si conocía Canterbury. Cuando los mejores años de su vida, todos sus recuerdos, las cosas que nunca había podido contarle a nadie, pero que había intentado escribir... ah, había intentado escribir (y suspiró) todo se había centrado en Canterbury; le hizo reír.

Su suspiro y luego su risa, su melancolía y su humor, hacían que la gente le apreciara, y él lo sabía, y el hecho de ser apreciado no había compensado la decepción, y si aprovechaba la simpatía que la gente sentía por él (haciendo largas llamadas a damas simpáticas, largas, largas llamadas), era medio amargamente, porque nunca había hecho ni la décima parte de lo que podría haber hecho, y había soñado con hacer, cuando era un muchacho en Canterbury. Con una desconocida sintió una renovación de la esperanza porque no podían decir que no había hecho lo que había prometido, y ceder a su encanto le daría un nuevo comienzo ¡a los cincuenta! Había tocado la primavera. Los campos y las flores y los edificios grises gotearon en su mente, formaron gotas plateadas en las paredes macilentas y oscuras de su mente y gotearon hacia abajo. Con una imagen así comenzaban a menudo sus poemas. Sintió el deseo de hacer imágenes ahora, sentado junto a esta mujer tranquila.

«Sí, conozco Canterbury», dijo con reminiscencia, sentimentalmente, invitando, según le pareció a Miss Anning, a preguntas discretas, y eso era lo que le hacía interesante para tanta gente, y era esta extraordinaria facilidad y receptividad para hablar por su parte lo que había sido su perdición, según pensaba a menudo, sacándose los tacos y poniendo las llaves y la calderilla en el tocador después de una de estas fiestas (y salía a veces casi todas las noches de la temporada), y, al bajar a desayunar, volviéndose bastante diferente, malhumorado, desagradable en el desayuno para su esposa, que era inválida y nunca salía, pero tenía viejos amigos que la visitaban a veces, amigas mujeres en su mayoría, interesadas en la filosofía india y en diferentes curas y diferentes médicos, que Roderick Serle desairaba con algún comentario cáustico demasiado inteligente para que ella lo aceptara, excepto con suaves expostulaciones y una lágrima o dos; había fracasado, pensaba a menudo, porque no podía apartarse por completo de la sociedad y de la compañía de las mujeres, que le era tan necesaria, y escribir. Se había involucrado demasiado en la vida, y aquí cruzaba las rodillas (todos sus movimientos eran poco convencionales y distinguidos) y no se culpaba a sí mismo, sino que achacaba la culpa a la riqueza de su naturaleza, que comparaba favorablemente con la de Wordsworth, por ejemplo, y, puesto que había dado tanto a la gente, sentía, apoyando la cabeza en las manos, que ellos a su vez debían ayudarle a él, y este era el preludio, trémulo, fascinante, emocionante, para hablar; y las imágenes bullían en su mente.

«Es como un árbol frutal, como un cerezo en flor», dijo él, mirando a una mujer joven de pelo blanco y fino. Era un tipo de imagen agradable, pensó Ruth Anning; bastante agradable, aunque no estaba segura de que le gustara aquel hombre distinguido y melancólico con sus gestos; y es extraño, pensó, cómo influyen los sentimientos de uno. No le gustaba, aunque le gustó bastante aquella comparación suya de una mujer con un cerezo. Fibras de ella flotaban caprichosamente de un lado a otro, como los tentáculos de una anémona marina, unas veces entusiasmadas, otras desairadas, y su cerebro, a millas de distancia, frío y distante, en el aire, recibía mensajes que resumía con el tiempo, de modo que, cuando la gente hablaba de Roderick Serle (y él era toda una figura), uno decía sin vacilar: «Me gusta» o «No me gusta», y su opinión quedaría formada para siempre. Un pensamiento extraño; un pensamiento solemne; que arrojaba luz verde sobre la esencia del compañerismo humano.

«Es extraño que usted conozca Canterbury», dijo Mr. Serle. «Siempre es una conmoción», prosiguió (la dama de pelo blanco había pasado), «cuando uno conoce a alguien» (nunca se habían visto antes), «por casualidad, por así decirlo, que roza los límites de lo que ha significado mucho para uno mismo, roza accidentalmente, pues supongo que Canterbury no era más que un bonito pueblo antiguo para usted. ¿Se quedó allí un verano con una tía?». (Eso era todo lo que Ruth Anning iba a contarle sobre su visita a Canterbury). «Y vio los paisajes y se fue y nunca más volvió a pensar en ello».

Deja que lo piense; al no gustarle, quería que huyera con una idea absurda de ella. En realidad, sus tres meses en Canterbury habían sido increíbles. Recordaba hasta el último detalle, aunque sólo había sido una visita casual, ir a ver a Miss Charlotte Serle, una conocida de su tía. Incluso ahora podía repetir las mismas palabras de Miss Serle sobre los truenos. «Siempre que me despierto, o escucho un trueno por la noche, pienso: "Alguien ha muerto"». Y podía ver la alfombra dura, peluda, con dibujos de diamantes, y los ojos pardos, parpadeantes, titilantes de la señora mayor, que sostenía la taza de té sin llenar, mientras decía eso sobre los truenos. Y siempre veía Canterbury, toda nube de truenos y lívidos manzanos en flor, y las largas espaldas grises de los edificios.

El trueno la despertó de su pletórico desvanecimiento de indiferencia de mediana edad; «Adelante, Stanley, adelante», se dijo a sí misma; es decir, este hombre no se deslizará lejos de mí, como todos los demás, con esta falsa suposición; le diré la verdad.

«Me encantó Canterbury», dijo.

Él se encendió al instante. Era su don, su culpa, su destino.

«Le encantó», repitió él. «Ya veo que sí».

Sus tentáculos le devolvieron el mensaje de que Roderick Serle era simpático.

Sus ojos se encontraron; chocaron más bien, porque cada uno sintió que detrás de los ojos el ser recluido, que se sienta en la oscuridad mientras su ágil y superficial compañero hace todas las volteretas y señas, y mantiene el espectáculo en marcha, de repente se puso erguido; se quitó la capa; se enfrentó al otro. Fue alarmante; fue terrorífico. Eran mayores y estaban bruñidos en una suavidad resplandeciente, de modo que Roderick Serle iba, quizá a una docena de fiestas en una temporada, y no sentía nada fuera de lo común, o sólo lamentos sentimentales, y el deseo de imágenes bonitas —como esta del cerezo en flor— y todo el tiempo se estancaba en él, sin agitarse, una especie de superioridad respecto a su compañía, una sensación de recursos sin explotar, que le enviaba de vuelta a casa insatisfecho con la vida, consigo mismo, bostezando, vacío, caprichoso. Pero ahora, de repente, como un rayo blanco en la niebla (pero esta imagen se forjó con la inevitabilidad del relámpago y se alzó), allí había sucedido; el viejo éxtasis de la vida; su asalto invencible; porque era desagradable, al mismo tiempo que regocijaba y rejuvenecía y llenaba las venas y los nervios con hilos de hielo y fuego; era aterrador. «Canterbury hace veinte años», dijo Miss Anning, como se pone una sombra sobre una luz intensa, o se cubre un melocotón ardiente con una hoja verde, porque es demasiado fuerte, demasiado maduro, demasiado pleno.

A veces ella deseaba haberse casado. A veces la fría paz de la vida adulta, con sus dispositivos automáticos para proteger la mente y el cuerpo de las magulladuras, le parecía, comparada con el trueno y el lívido manzano de Canterbury, vil. Podía imaginar algo diferente, más parecido a un relámpago, más intenso. Podía imaginar alguna sensación física. Podía imaginar...

Y, extrañamente, ya que nunca antes le había visto, sus sentidos, esos tentáculos que se estremecían y desairados, ahora ya no enviaban mensajes, ahora yacían quiescentes, como si ella y Mr. Serle se conocieran tan perfectamente, estuvieran, de hecho, tan estrechamente unidos que sólo tuvieran que flotar uno al lado del otro por esta corriente.

De todas las cosas, nada es tan extraño como las relaciones humanas, pensó ella, por sus cambios, su extraordinaria irracionalidad, siendo ahora su aversión nada menos que el amor más intenso y arrebatador, pero directamente se le ocurrió la palabra «amor», la rechazó, pensando de nuevo en lo oscura que era la mente, con sus poquísimas palabras para todas estas asombrosas percepciones, estas alternancias de dolor y placer. Porque, ¿cómo se podía nombrar esto? Eso era lo que ella sentía ahora, la retirada del afecto humano, la desaparición de Serle, y la necesidad instantánea que ambos tenían de encubrir lo que era tan desolador y degradante para la naturaleza humana que todo el mundo intentaba enterrarlo decentemente de la vista: esta retirada, esta violación de la confianza, y, buscando alguna forma de entierro decente reconocida y aceptada, dijo:

«Por supuesto, hagan lo que hagan, no pueden estropear Canterbury».

Él sonrió; él la aceptó; él cruzó las rodillas al revés. Ella hizo su parte; él la suya. Así las cosas llegaron a su fin. Y sobre ambos se cernió instantáneamente esa paralizadora ceguera del sentimiento, cuando nada brota de la mente, cuando sus paredes parecen de pizarra; cuando la vacuidad casi duele, y los ojos petrificados y fijos ven el mismo punto —un patrón, una carbonera— con una exactitud que es aterradora, ya que ninguna emoción, ninguna idea, ninguna impresión de ningún tipo viene a cambiarla, a modificarla, a embellecerla, puesto que las fuentes del sentimiento parecen selladas y a medida que la mente se vuelve rígida, también lo hace el cuerpo; descarnado, escultural, de modo que ni Mr. Serle ni Miss Anning podían moverse ni hablar, y sentían como si un encantador los hubiera liberado, y la primavera enrojeciera cada vena con torrentes de vida, cuando Mira Cartwright, golpeando arqueadamente a Mr. Serle en el hombro, dijo:

«Le vi en el Meistersinger y me evitó. Villano», dijo Miss Cartwright, «no merece que vuelva a dirigirle la palabra».

Y podían separarse.

UN RESUMEN

Puesto que en el interior hacía calor y estaba abarrotado, puesto que en una noche como esta no podía haber peligro de humedad, puesto que los farolillos chinos parecían frutos rojos y verdes colgados en las profundidades de un bosque encantado, Mr. Bertram Pritchard condujo a Mrs. Latham al jardín.

El aire libre y la sensación de estar fuera de casa desconcertaron a Sasha Latham, la dama alta, guapa y de aspecto más bien indolente, cuya majestuosidad de presencia era tan grande que la gente nunca le daba crédito por sentirse perfectamente inadecuada y desmañada cuando tenía que decir algo en una fiesta. Pero así era; y se alegraba de estar con Bertram, en quien se podía confiar, incluso de puertas afuera, para hablar sin parar. Escribir lo que decía sería increíble; no sólo cada cosa que decía era insignificante en sí misma, sino que no había conexión entre los distintos comentarios. De hecho, si una hubiera cogido un lápiz y anotado sus propias palabras —y una noche de su charla habría llenado un libro entero— nadie podría dudar, leyéndolas, de que el pobre hombre era intelectualmente deficiente. No era ni mucho menos el caso, ya que Mr. Pritchard era un estimado funcionario y un Compañero del Baño; pero lo que resultaba aún más extraño era que casi siempre caía bien. Había un sonido en su voz, algún acento enfático, algún brillo en la incongruencia de sus ideas, alguna emanación de su redonda y rechoncha cara morena y su figura de petirrojo, algo inmaterial e inseparable, que existía y florecía y se hacía sentir independientemente de sus palabras, es más, a menudo en oposición a ellas. Así, Sasha Latham estaría pensando mientras él parloteaba sobre su gira por Devonshire, sobre posadas y caseras, sobre Eddie y Freddie, sobre vacas y viajes nocturnos, sobre crema y estrellas, sobre ferrocarriles continentales y Bradshaw, coger bacalao, coger un resfrío, la gripe, el reumatismo y Keats; pensaba en él en abstracto como en una persona cuya existencia era buena, lo creía mientras hablaba con una apariencia que era distinta de lo que decía, y sin duda era el verdadero Bertram Pritchard, aunque no se pudiera demostrar. Cómo se podía probar que era un amigo leal y muy simpático y... pero aquí, como ocurría tan a menudo, hablando con Bertram Pritchard, ella olvidó su existencia y empezó a pensar en otra cosa.

Ella pensaba en la noche, participando de alguna manera, echando un vistazo al cielo. Era el campo lo que ella olía de repente, la sombría quietud de los campos bajo las estrellas, pero aquí, en el jardín trasero de Mrs. Dalloway, en Westminster, la belleza, nacida y criada en el campo como era ella, la emocionaba por el contraste presumible; allí el olor a heno en el aire y detrás de ella las habitaciones llenas de gente. Caminaba con Bertram; caminaba más bien como un ciervo, con un poco de holgura en los tobillos, abanicándose, majestuosa, silenciosa, con todos los sentidos despiertos, los coches puntiagudos, olfateando el aire, como si hubiera sido alguna criatura salvaje, pero perfectamente controlada, dándose placer de noche.

Esta, pensó, es la mayor de las maravillas; el logro supremo de la raza humana. Donde había lechos de mimbre y coracles remando a través de un pantano, hay esto; y pensó en la casa seca, gruesa y bien construida, repleta de objetos de valor, zumbando de gente que se acercaba, se alejaba, intercambiaba sus opiniones, se estimulaba mutuamente. Y Clarissa Dalloway la había abierto en los desiertos de la noche, había colocado adoquines sobre el pantano y, cuando llegaron al final del jardín (de hecho, era extremadamente pequeño), y ella y Bertram se sentaron en las reposeras, miró la casa con veneración, con entusiasmo, como si un rayo de oro la recorriera y las lágrimas se formaran en ella y cayeran en profunda acción de gracias. Aunque era tímida y casi incapaz, cuando se presentaba de repente ante alguien, de decir nada, fundamentalmente humilde, sentía una profunda admiración por los demás. Ser ellos sería maravilloso, pero estaba condenada a ser ella misma y sólo podía de esta manera silenciosa y entusiasta, sentada al aire libre en un jardín, aplaudir a la sociedad de la humanidad de la que estaba excluida. Etiquetas de poesía en alabanza de ellos subían a sus labios; eran adorables y buenos, sobre todo valientes, triunfadores sobre la noche y los pantanos, los supervivientes, la compañía de los aventureros que, acechados por los peligros, siguen navegando.

Por alguna maldad del destino no pudo unirse, pero pudo sentarse y alabar mientras Bertram charlaba, él estaba entre los viajeros, como grumete o marinero común... alguien que corría por los mástiles, silbando alegremente. Pensando así, la rama de algún árbol frente a ella se empapaba y sumergía de su admiración por la gente de la casa; goteaba oro; o se erguía como centinela. Formaba parte de la gallarda y juerguista compañía un mástil del que pendía la bandera. Había un barril de algún tipo contra la pared, y esto, también, lo dotó ella.

De repente, Bertram, que era inquieto físicamente, quiso explorar el terreno y, saltando sobre un montón de ladrillos, se asomó por encima del muro del jardín. Sasha también se asomó. Vio un cubo o quizá una bota. En un segundo la ilusión se desvaneció. Allí estaba Londres de nuevo; el vasto mundo impersonal y desatento; los omnibuses a motor; los negocios; las luces delante de los bares; y los policías bostezando.

Tras satisfacer su curiosidad y reponer, con un momento de silencio, sus burbujeantes fuentes de charla, Bertram invitó al Señor y a la Señora Fulano a sentarse con ellos, acercando dos sillas más. Allí se sentaron de nuevo, mirando la misma casa, el mismo árbol, el mismo barril; sólo que habiendo mirado por encima de la pared y echado un vistazo al cubo, o más bien a Londres que seguía su camino despreocupadamente, Sasha ya no pudo rociar sobre el mundo aquella nube de oro. Bertram hablaba y las personas —ni por lo más querido podía recordar si se llamaban Wallace o Freeman— contestaban, y todas sus palabras atravesaban una fina bruma de oro y caían en la prosaica luz del día. Miró la seca y espesa Casa de la Reina Ana; hizo todo lo posible por recordar lo que había leído en la escuela sobre la Isla de Thorney y los hombres en coracles, las ostras y el pato salvaje y las nieblas, pero le pareció un asunto lógico de desagües y carpinteros, y esta fiesta... nada más que gente en traje de etiqueta.

Entonces se preguntó, ¿qué visión es la verdadera? Podía ver el cubo y la casa medio iluminados, medio apagados.

Hizo esta pregunta a ese alguien que, a su humilde manera, había compuesto a partir de la sabiduría y el poder de otras personas. La respuesta llegaba a menudo por accidente... había sabido que su viejo spaniel respondía moviendo la cola.

Ahora el árbol, despojado de su color dorado y su majestuosidad, parecía darle una respuesta; se había convertido en un árbol de campo... el único que había en un pantano. Ella lo había visto a menudo; había visto las nubes enrojecidas entre sus ramas, o la luna partida, lanzando destellos irregulares de plata. ¿Pero qué respuesta? Pues que el alma —pues era consciente de un movimiento en ella de alguna criatura abriéndose paso a su alrededor y tratando de escapar a lo que momentáneamente llamó el alma— es por naturaleza no apareada, un pájaro viudo; un pájaro posado a distancia en aquel árbol.

Pero entonces Bertram, pasando su brazo sobre el de ella a su manera familiar, pues la conocía de toda la vida, comentó que no estaban cumpliendo con su deber y que debían entrar a la casa.

En ese momento, en alguna callejuela o casa pública, sonó la habitual y terrible voz inarticulada y sin sexo; un chillido, un grito. Y el pájaro viudo, sobresaltado, se alejó volando, describiendo círculos cada vez más amplios hasta que ella se volvió (lo que ella llamaba su alma) remota como un cuervo que se ha sobresaltado en el aire por una piedra que le han lanzado.

Rosetta Edu

CLÁSICOS EN ESPAÑOL

Esperamos que haya disfrutado esta lectura. ¿Quiere leer otra obra de nuestra colección de *Clásicos en español*?

En nuestro Club del Libro encontrarás artículos relacionados con los libros que publicamos y la literatura en general. ¡Suscríbete en nuestra página web y te ofrecemos un ebook gratis por mes!

Recibe tu copia totalmente gratuita de nuestro *Club del libro* en rosettaedu.com/pages/club-del-libro

Rosetta Edu

CLÁSICOS EN ESPAÑOL

Una habitación propia se estableció desde su publicación como uno de los libros fundamentales del feminismo. Basado en dos conferencias pronunciadas por Virginia Woolf en colleges para mujeres y ampliado luego por la autora, el texto es un testamento visionario, donde tópicos característicos del feminismo por casi un siglo son expuestos con claridad tal vez por primera vez.

Oscar Wilde escribe una sola novela, *El retrato de Dorian Gray*; ésta fue el objeto de una crítica moralizante mordaz por parte de sus contemporáneos que no pudieron ver que dentro de una trama perfectamente compuesta se escondía toda la tragedia del romanticismo. Cien años después no ha perdido su impacto original y sigue siendo un texto fundamental para los debates sobre la estética y la moral.

Otra vuelta de tuerca es una de las novelas de terror más difundidas en la literatura universal y cuenta una historia absorbente, siguiendo a una institutriz a cargo de dos niños en una gran mansión en la campiña inglesa que parece estar embrujada. Los detalles de la descripción y la narración en primera persona van conformando un mundo que puede inspirar genuino terror.

rosettaedu.com

Rosetta Edu

EDICIONES BILINGÜES

En una atmósfera constante de misterio y amenaza, *El corazón de las tinieblas* narra el peligroso viaje de Marlow por un río (sin duda el Congo aunque no es nombrado en el relato) africano. Lo que el marino puede observar en su viaje le horroriza, le deja perplejo, y pone en tela de juicio las bases mismas de la civilización y la naturaleza humana.

Durante décadas, y acercándose a su centenario, *El gran Gatsby* ha sido considerada una obra maestra de la literatura y candidata al título de «Gran novela americana» por su dominio al mostrar la pura identidad americana junto a un estilo distinto y maduro. La edición bilingüe permite apreciar los detalles del texto original y constituye un paso obligado para aprender el inglés en profundidad.

En *La señora Dalloway* Virginia Woolf relata un día en la vida de Clarissa Dalloway, una señora de la clase alta casada con un miembro del parlamento inglés, y de un ex-combatiente que lucha contra su enfermedad mental. La innovación de la novela es la corriente de consciencia: Woolf sigue el pensamiento de cada personaje, siendo excelente a la hora de narrar emociones, asociaciones y sentimientos.

rosettaedu.com